Sobre a terra somos belos por um instante

Ocean Vuong

Sobre a terra somos belos por um instante

Tradução Rogerio W. Galindo

Rocco

Título original
ON EARTH WE'RE BRIEFLY GORGEOUS
A Novel

Copyright © 2019 *by* Ocean Vuong
Todos os direitos reservados.

Trechos desse livro já apareceram, em forma diferente,
na *The New Yorker*, *Guernica*, e em *Buzzfeed.com*

Excerto de "Many Men (Wish Death)", letra e música por Curtis Jackson, Luis Resto, Keni St. Lewis, Frederick Perren, e Darrell Branch. *Copyright* © 2003 Kobalt Music Copyrights SARL, Resto World Music, Universal-Songs of PolyGram International, Inc., Bull Pen Music, Inc., Universal-PolyGram International Publishing, Inc., Perren-Vibes Music, Inc., Figga Six Music and Unknown Publisher. Todos direitos para Kobalt Music Copyrights SARL e Resto World Music administrado mundialmente por Kobalt Songs Music Publishing. Todos os direitos para Bull Pen Music, Inc. administrado por Universal-Songs of PolyGram International, Inc. Todos os direitos para Perren-Vibes Music Inc., administrado por Universal-PolyGram International Publishing, Inc. Todos os direitos para Perren-Vibes Music, Inc., administrados por Universal-PolyGram International Publishing, Inc. Todos os direitos para Figga Six Music administrado por Downtown DMP Songs. Todos os direitos reservados. Usado com autorização. Reproduzido com a permissão de *Hal Leonard LLC and Kobalt Music Services America Inc.* (KMSA) obo Resto World Music (ASCAP) Kobalt Music Services Ltd. (KMS) obo Kobalt Music Copyrights SARL.

Direitos para a língua portuguesa reservados
com exclusividade para o Brasil à
EDITORA ROCCO LTDA.
Rua Evaristo da Veiga, 65 – 11º andar
Passeio Corporate – Torre 1
20030-021 – Rio de Janeiro – RJ
Tel.: (21) 3525-2000 – Fax: (21) 3525-2001
rocco@rocco.com.br
www.rocco.com.br

Printed in Brazil/*Impresso no Brasil*

Preparação de originais
TIAGO LYRA

Esta é uma obra de ficção. Nomes, personagens, lugares, e incidentes são produtos da imaginação do autor, foram usados de forma fictícia e, qualquer semelhança com pessoas reais, vivas ou não, empresas comerciais, acontecimentos, ou localidades é mera coincidência.

CIP-Brasil. Catalogação na Publicação.
Sindicato Nacional dos Editores de Livros, RJ.

V987s   Vuong, Ocean, 1988-
      Sobre a terra somos belos por um instante / Ocean Vuong ; tradução Rogerio W. Galindo. – 1. ed. – Rio de Janeiro : Rocco, 2020.

      Tradução de: On earth we are briefly gorgeous
      ISBN 978-65-5532-003-9
      ISBN 978-65-5595-004-5 (e-book)

      1. Romance vietnamita. 2. Romance epistolar vietnamita. I. Galindo, Rogerio W. II. Título.

20-63952
CDD: 813
CDU: 82-31(73)

Leandra Felix da Cruz Candido – Bibliotecária – CRB-7/6135

O texto deste livro obedece às normas do
Acordo Ortográfico da Língua Portuguesa.

Para minha mãe

Mas deixe-me ver se – usando essas palavras como um pequeno terreno e minha vida como pedra fundamental – eu consigo te erguer um centro.

– Qiu Miaojin

Eu quero te dizer a verdade, e já falei sobre os rios largos.

– Joan Didion

I

Deixa eu começar de novo.

Querida Mãe,

Estou escrevendo para chegar até você – ainda que cada palavra que eu ponha no papel fique uma palavra mais longe de onde você está. Estou escrevendo para voltar ao tempo, no ponto de parada na Virgínia, quando você olhou horrorizada um alce empalhado em cima da máquina de refrigerante perto dos banheiros, a galhada fazendo sombra no teu rosto. No carro, você ainda sacudia a cabeça. "Não entendo por que alguém ia fazer aquilo. Será que eles não veem que aquilo é um cadáver? Um cadáver devia ir embora, não ficar preso para sempre daquele jeito."

Penso agora naquele alce, em como você olhou para os olhos negros vítreos dele e viu o teu reflexo, teu corpo inteiro, deformado naquele espelho sem vida. Em como não foi a instalação grotesca de um animal decapitado que te chocou – é que um corpo empalhado mantinha presente uma morte que não vai acabar, uma morte que continua morrendo enquanto a gente passa para ir ao banheiro.

Estou escrevendo porque me disseram para nunca começar uma frase com *porque*. Mas eu não estava tentando fazer uma frase – estava tentando me libertar. Porque a liberdade, eu ouvi dizer, é apenas a distância entre o caçador e a sua presa.

★ ★ ★

Outono. Em algum ponto sobre o Michigan, uma colônia de mais de quinze mil borboletas-monarcas começa sua migração anual rumo ao sul. Em dois meses, de setembro a novembro, elas se moverão, uma batida de asas por vez, do sul do Canadá e dos Estados Unidos para partes do México central, onde passarão o inverno.

Elas pousam entre nós, em peitoris de janelas e alambrados, varais ainda borrados pelo peso de roupas recém-penduradas, o capô desbotado de um Chevy azul, as asas se fechando lentamente, como se estivessem sendo guardadas, antes de baterem uma vez, voando.

Uma única noite gelada pode matar uma geração. Viver, então, é uma questão de tempo, de achar o tempo certo.

Aquela vez que eu tinha cinco ou seis anos e, pregando uma peça, pulei em você saindo de trás da porta do corredor, gritando: "Bum!" Você gritou, o rosto arranhado e retorcido, depois chorou de soluçar, agarrou o próprio peito enquanto se apoiava na porta, tentando recuperar o fôlego. Fiquei parado, perplexo, meu capacete militar de brinquedo inclinado na cabeça. Eu era um menino americano imitando o que via na TV. Eu não sabia que a guerra ainda estava dentro de você, nem sabia que existia uma guerra, que quando ela entra em você nunca mais sai – simplesmente ecoa, um som formando o rosto do teu próprio filho. Bum.

Aquela vez, na terceira série, em que, com a ajuda da sra. Callahan, minha professora de inglês como língua estrangeira, eu li o primeiro livro que adorei, um livro infantil chamado *Thunder cake*, de Patricia Polacco. Na história, quando uma menina e a avó veem uma tempestade se formar no horizonte verde, em vez de fechar as janelas ou pregar tábuas nas portas, elas vão fazer um bolo. Essa atitude me desestabilizou, a recusa precária mas corajosa do senso comum. Enquanto a sra. Callahan ficava atrás de mim, a boca no meu ouvido, eu era levado cada vez para mais longe pela correnteza do idioma. A história se desenrolava, sua tempestade rugia enquanto ela falava, depois rugia novamente quando eu repetia as palavras. Assar um bolo no olho de uma tempestade: comer açúcar à beira do perigo.

A primeira vez que você me bateu, eu devia ter quatro anos. Uma mão, um clarão, um acerto de contas. Minha boca uma fogueira tátil. A vez que eu tentei te ensinar a ler do jeito que a sra. Callahan me ensinava, meus lábios no teu ouvido, minha mão na tua, as palavras se movendo sob as sombras que fazíamos. Mas aquele ato (um filho ensinando a mãe) revertia nossas hierarquias, e com isso nossas identidades que, neste país, já eram tênues e cativas. Depois das gaguejadas e dos começos em falso, as frases se deformavam ou se trancavam na tua garganta, depois do constrangimento do fracasso, você fechava a boca. "Eu não preciso ler", você disse, o rosto contorcido, e se afastou da mesa. "Eu sei *ver*, e isso me trouxe até aqui, não trouxe?"

Depois, a vez do controle remoto. Eu mentia para os professores sobre o roxo no meu braço. "Caí brincando de pega-pega."

Aquela vez, aos quarenta e seis anos, quando você teve um desejo súbito de colorir. "Vamos ao Walmart", você disse um dia de manhã. "Preciso de livros de colorir." Por meses você preencheu o espaço entre os braços com todos os tons que não sabia pronunciar. *Magenta, vermelhão, calêndula, estanho, zimbro, canela.* Todo dia, por horas, você se debruçava sobre paisagens de fazendas, pastagens, Paris, dois cavalos em uma planície assolada pelo vento, o rosto de uma menina com cabelos negros e uma pele que você deixou sem cor, deixou branca. Você pendurava aquilo pela casa toda, que começou a parecer uma sala de escola primária. Quando perguntei "Por que colorir, por que agora?", você largou o lápis safira e olhou, sonhadora, para um jardim ainda inacabado. "Eu só desapareço por um tempo nos desenhos", você disse. "Mas eu sinto tudo. Como se eu ainda estivesse aqui, nesta sala."

A vez que você jogou a caixa de Lego na minha cabeça. A madeira salpicada de sangue.

"Você já criou uma cena", você disse, pintando uma casa de Thomas Kinkade, "e depois se colocou lá dentro? Você já se olhou por trás, se afastando e se afundando naquela paisagem, cada vez mais longe de você?"

Como eu podia te contar que o que você estava descrevendo era escrever? Como eu podia contar que nós, afinal, estamos tão perto, as sombras de nossas mãos, em duas páginas diferentes, se fundindo?

"Desculpe", você disse, fazendo um curativo no corte na minha testa. "Pega o casaco. Vou te comprar McDonald's." Com a cabeça latejando, molhei os nuggets de frango no ketchup com você me olhando. "Você tem que ficar maior e mais forte, ok?"

Reli o *Diário de luto* do Roland Barthes ontem, o livro que ele escreveu todo dia, por um ano, depois da morte da mãe. *Conheci o corpo da minha mãe*, ele escreve, *doente e depois moribundo*. E foi aí que eu parei. Foi aí que eu decidi te escrever. Você que ainda está viva.

Aqueles sábados no fim do mês quando, se tinha sobrado dinheiro depois de pagar as contas, a gente ia ao shopping. Tinha gente que punha as melhores roupas para ir à missa ou a jantares, a gente se arrumava todo para ir a um centro comercial perto da Interestadual 91. Você acordava cedo, passava uma hora se maquiando, punha o melhor vestido preto com lantejoulas, o único par de argolas de ouro, sapatos pretos de lamê. Depois você se ajoelhava e besuntava meu cabelo com um punhado de brilhantina, penteando-o.

Vendo nós dois ali, um desconhecido não ia adivinhar que a gente fazia compras na mercearia da esquina da avenida Franklin, onde a entrada ficava entulhada de tíquetes de vale-alimentação fornecidos pelo governo, onde produtos básicos como leite e ovos custavam o triplo do que custavam nos subúrbios, onde as maçãs, enrugadas e machucadas, ficavam numa caixa de papelão ensopada no fundo por conta do sangue de porco vazado da caixa de costelinhas suínas, o gelo há muito derretido.

"Vamos comprar o chocolate chique", você dizia, apontando para os Godivas. Nós saíamos com uma sacolinha de papel com uns cinco ou seis quadradinhos de chocolate escolhidos aleatoriamente. Várias vezes isso era a única coisa que a gente comprava no shopping. Depois a gente andava, passando chocolate de um para o outro até nossos dedos brilharem retintos e doces. "É assim que se aproveita a vida", você dizia, chupando os dedos, o esmalte rosa descascando depois de uma semana trabalhando como pedicure.

A vez com os teus punhos, gritando no estacionamento, o sol do fim de tarde gravando em água-forte teus cabelos vermelhos. Meus braços protegendo minha cabeça enquanto as tuas juntas batiam em mim.

Naqueles sábados, a gente passeava pelos corredores até que, uma a uma, as lojas baixavam as portas de aço. Depois a gente ia até o ponto de ônibus descendo a rua, nossa respiração flutuando acima de nós, a maquiagem secando no teu rosto. Nossas mãos vazias, exceto por nossas mãos.

Da minha janela hoje de manhã, pouco antes do sol nascer, dava para ver um cervo parado numa neblina tão densa e brilhante que o segundo cervo, não muito longe, parecia uma sombra inacabada do primeiro. Você pode colorir isso. Pode chamar de "A História da Memória".

A migração pode ter como gatilho o ângulo do sol, indicando uma mudança de estação, temperatura, vida da flora e quantidade de alimentos disponível. As borboletas-monarcas fêmeas botam ovos pelo caminho. Toda história tem mais de um fio, todo fio é uma história de divisão. A viagem leva sete mil setecentos e setenta quilômetros, mais do que a extensão deste país. As monarcas que voam para o sul não voltarão para o norte. Toda partida, portanto, é definitiva. Só seus filhos voltarão; só o futuro revisita o passado.

O que é um país senão uma sentença sem fronteiras, uma vida? Aquele dia no açougueiro chinês, você apontou para o porco assado pendurado no gancho. "Depois de queimar, as costelas são iguaizinhas às de uma pessoa." Você deixou escapar uma risadinha entrecortada, pegou a carteira, o rosto tenso, e contou de novo nosso dinheiro. O que é um país senão uma sentença para toda a vida?

Aquela vez com o galão de leite. A embalagem explodindo no osso do meu ombro, depois uma chuva branca contínua nos azulejos da cozinha.

A vez no Six Flags, quando você foi comigo à montanha-russa do Super-Homem porque eu tinha medo de ir sozinho. Você vomitou depois, a cabeça inteira na lata de lixo. Como, no meu prazer estridente, eu esqueci de dizer *Obrigado*.

Aquela vez em que a gente foi ao mercado e encheu o carrinho com itens que tinham uma tarja amarela, porque naquele dia a tarja amarela significava mais cinquenta por cento de desconto. Eu empurrava o carrinho e saltava na parte de trás, deslizando, me sentindo rico com nosso butim de tesouros descartados. Era teu aniversário. A gente estava barulhento. "Será que eu pareço uma americana de verdade?", você disse, pondo um vestido branco contra o corpo. Era um pouquinho formal demais para você ter uma ocasião para usar, mas suficientemente casual para ter uma *possibilidade* de uso. Uma chance. Eu fiz que sim com a cabeça, sorrindo. O carrinho a essa altura estava tão cheio que eu não conseguia ver o que estava à minha frente.

A vez com a faca de cozinha – aquela que você pegou, depois largou, tremendo, dizendo baixinho: "Sai daqui. Sai daqui." E eu corri para fora, descendo as ruas negras do verão. Corri até esquecer que eu tinha dez anos, até minha pulsação ser a única coisa de mim que eu era capaz de ouvir.

★ ★ ★

Aquela vez, em Nova York, uma semana depois do primo Phuong morrer no acidente de carro, em que eu entrei no metrô número 2 para o norte e vi o rosto dele, nítido e redondo quando as portas abriram, olhando bem nos meus olhos, vivo. Fiquei sem ar – mas eu sabia que era só um sujeito parecido com ele. Mesmo assim, fiquei chocado de ver o que eu achava que jamais veria de novo – os traços tão exatos, o queixo forte, as sobrancelhas distantes. O nome dele foi até a ponta da minha língua antes de eu contê-lo. Depois de sair do subterrâneo, sentei num hidrante e te liguei. "Mãe, eu vi ele", eu exalei. "Mãe, juro que eu vi ele. Sei que é bobagem, mas eu vi o Phuong no metrô." Eu estava tendo um ataque de pânico. E você sabia. Por um tempo você ficou sem dizer nada, depois começou a murmurar a melodia de "Parabéns para você". Não era meu aniversário, mas aquela era a única música que você conhecia em inglês, e você foi em frente. E eu ouvi, o telefone apertado tão forte na orelha que, horas depois, ainda tinha um retângulo rosa marcado na minha bochecha.

Eu tenho vinte e oito anos, 1m62 de altura, 51 quilos. Sou bonito de exatamente três ângulos e horrível de todos os outros. Estou escrevendo para você de dentro de um corpo que era teu. O que é o mesmo que dizer: estou escrevendo como um filho.

Se a gente tiver sorte, o fim da sentença é onde a gente pode começar. Se a gente tiver sorte, algo é transmitido, um outro alfabeto escrito no sangue, nos tendões e neurônios; ancestrais incutindo em sua descendência o impulso silencioso para voar até o sul, para ir rumo ao lugar da narrativa ao qual ninguém deve sobreviver.

A vez, no salão de manicure, em que eu ouvi você consolando uma cliente pela perda recente que ela tinha sofrido. Enquanto você pintava as unhas, ela falava, entre lágrimas. "Perdi minha bebê, minha menininha, a Julie. Não consigo acreditar, ela era a mais forte de todas, a minha mais velha."

Você fez que sim com a cabeça, olhos sóbrios por trás da máscara. "Está tudo bem, está tudo bem", você disse em inglês, "não chore. A sua Julie", você prosseguiu, "como morreu?"

"Câncer", a mulher disse. "E no quintal, além de tudo! Morreu bem ali no quintal, merda!"

Você largou a mão dela, tirou a máscara. Câncer. Você se inclinou para a frente. "Minha mãe também, ela morreu de câncer." A sala ficou em silêncio. As tuas colegas se ajeitaram na cadeira. "Mas por que no quintal, por que ela morreu lá?"

A mulher enxugou os olhos. "É onde ela mora. Julie é minha égua."

Você fez que sim com a cabeça, colocou a máscara e voltou a pintar as unhas dela. Depois que a mulher saiu, você atirou a máscara longe. "Uma porra de um cavalo?", você disse em vietnamita. "Puta merda, eu estava quase indo ao túmulo da filha dela levar flores!" Durante o resto do dia, enquanto trabalhava em uma ou outra mão, você olhava para cima e gritava: "Era uma merda de um cavalo!", e todo mundo ria.

Aquela vez, aos treze anos, quando eu finalmente disse pare. Tua mão no ar, o osso do meu rosto doendo da primeira pancada. "Pare, mãe. Chega. Por favor." Olhei duro pra você, do jeito que eu tinha aprendido, na época, a olhar nos olhos dos valentões que me provocavam. Você se virou e, sem dizer nada, vestiu o teu casaco de lã marrom e foi andando até a loja. "Vou comprar ovo", você disse por cima do ombro, como se nada tivesse acontecido. Mas nós dois sabíamos que você nunca mais ia me bater.

As monarcas que sobreviveram à migração passaram essa mensagem para seus filhos. A memória dos membros da família perdida no inverno inicial foi trançada em seus genes.

Quando uma guerra acaba? Quando eu vou poder dizer o teu nome e fazer com que ele signifique apenas o teu nome e não o que você deixou para trás?

A vez que acordei numa hora tingida de azul, minha cabeça – não, a casa – tomada por música suave. Meus pés no piso frio de madeira, andei até teu quarto. Tua cama estava vazia. "Mãe", eu disse, parado sobre a música como uma flor cortada. Era Chopin, e vinha do closet. A porta gravada em água-forte em luz avermelhada, como a entrada de um lugar em chamas. Sentei do lado de fora, escutando a abertura e, por baixo da música, a tua respiração uniforme. Não sei quanto tempo fiquei ali. Mas a certa altura voltei para a cama, puxei as cobertas de encontro ao queixo até aquilo parar, não a música mas o meu tremor. "Mãe", eu disse de novo para ninguém, "volte. Saia daí e volte."

Uma vez você me disse que o olho humano é a criação mais solitária de deus. Como pode uma parte tão grande do mundo passar pela pupila e ela não reter nada. O olho, sozinho na sua cavidade, nem sequer sabe que existe um outro, igual a ele, a três centímetros de distância, tão faminto quanto, tão vazio quanto. Abrindo a porta da frente para a primeira neve da minha vida, você sussurrou: "Veja."

A vez em que você, enquanto descascava uma cesta de vagens na pia, disse, do nada: "Eu não sou um monstro. Eu sou uma mãe."

O que a gente quer dizer quando fala sobrevivente? Talvez um sobrevivente seja o último a chegar em casa, a última monarca que pousa num galho já pesado de fantasmas.

A manhã se fechou à nossa volta.

Larguei o livro. As cabeças das vagens continuaram estalando. Elas caíam na cuba de aço da pia como dedos. "Você não é um monstro", eu disse.

Mas eu menti.

O que eu quis dizer de verdade é que não é tão terrível ser um monstro. Da raiz latina *monstrum*, um mensageiro divino da catástrofe, depois adaptado pelo francês antigo para se referir a um animal de origens múltiplas: centauro, grifo, sátiro. Ser um monstro é ser um sinal híbrido, um farol: ao mesmo tempo um farol e um alerta.

Leio que pais que sofrem de Síndrome do Estresse Pós-Traumático têm maior probabilidade de bater nos filhos. Talvez isso tenha uma origem monstruosa, no fim das contas. Talvez bater no seu filho seja prepará-lo para a guerra. Dizer que temos batimento cardíaco nunca é tão simples quanto a tarefa do coração de dizer *sim sim sim* para o corpo.

Eu não sei.

O que eu sei é que naquele dia no mercado você me entregou o vestido branco, teus olhos vítreos e arregalados. "Você consegue ler isso", você disse, "e me contar se é à prova de fogo?" Procurei a barra, estudei o impresso na etiqueta e, sem conseguir ler, disse: "É sim." Disse mesmo assim. "É sim." Menti, segurando o vestido na altura do teu queixo. "É à prova de fogo."

Dias depois, um garoto da vizinhança, andando de bicicleta, me viu usando aquele mesmo vestido – eu pus imaginando que ia ficar mais parecido com você – no jardim de casa enquanto você estava no trabalho. No recreio no outro dia, os meninos me chamavam de *aberração, fadinha, bicha*. Soube muito depois que essas palavras também eram repetições de *monstro*.

Às vezes, imagino as monarcas fugindo não do inverno, mas das nuvens de napalm da tua infância no Vietnã. Imagino as borboletas voando de explosões de fogo, incólumes, suas minúsculas asas negras e vermelhas tremendo como escombros que continuassem explodindo, por milhares de quilômetros no céu, de um jeito que, ao olhar para cima, você já não consegue descobrir de qual explosão elas vieram, apenas uma família de borboletas flutuando no ar límpido, gelado, suas asas, depois de tantas conflagrações, finalmente à prova de fogo.

"Muito bom saber isso, querido." Você desviou o olhar, rosto impassível, olhando por cima do meu ombro, o vestido preso a teu peito. "Muito bom."

Você é uma mãe, Mãe. Você também é um monstro. Mas eu também sou – e é por isso que eu não posso me afastar de você. E é por isso que eu peguei a mais solitária criação de deus e te coloquei dentro dela.

Veja.

Num esboço anterior desta carta, que acabei deletando, eu te contei como virei escritor. Como eu, o primeiro de nossa família a ir para a faculdade, desperdicei a chance com um diploma de Letras. Como fugi da minha escola secundária de merda para passar meus dias em Nova York perdido em pilhas de livros em bibliotecas, lendo textos obscuros escritos por gente morta, que, em sua maioria, jamais sonhou em ter alguém com um rosto como o meu sobrevoando suas frases – e menos ainda que aquelas frases iriam me salvar. Mas nada disso importa agora. O que importa é que tudo isso, mesmo que eu não soubesse na época, me trouxe até aqui, até esta página, para te contar tudo que você jamais vai saber.

O que aconteceu é que um dia eu fui um menino, e um menino intacto. Eu tinha oito anos quando fiquei parado no apartamento de um quarto em Hartford olhando para o rosto adormecido da vó Lan. Apesar de ser tua mãe, ela não se parece nada com você; a pele é três tons mais escura, da cor da terra depois da chuva, estendida sobre um rosto esquelético cujos olhos brilhavam como vidro lascado. Não sei dizer o que me fez deixar a pilha de soldadinhos verdes e ir andando até onde ela estava, debaixo de uma coberta sobre o piso de madeira, braços cruzados sobre o peito. Os olhos se moviam sob as pálpebras enquanto ela dormia. A testa, açoitada por linhas profundas, assinalava seus cinquenta e seis anos. Uma mosca pousou ao lado da boca, depois deslizou para a beira dos lábios arroxeados. A bochecha esquerda fez um espasmo por segundos. A pele, com grandes marcas negras de pústulas, se agitava à luz do sol. Eu nunca tinha visto tanto movimento durante o sono antes – exceto por cães que correm nos sonhos, nenhum de nós jamais vai ver.

Mas era a imobilidade, percebo agora, que eu buscava, não do corpo dela, que continuava funcionando enquanto ela dormia, mas da mente. Somente nessas contrações silenciosas o cérebro dela, selvagem e explosivo enquanto estava acordada, resfriava e se transformava em algo semelhante à calma. Estou olhando uma desconhecida, pensei, cujos lábios se enrugavam numa expressão de contentamento estranha à Lan que eu conhecia acordada, aquela cujas frases saíam lentas e nervosas, a esquizofrenia pior ainda depois da guerra. Mas eu sempre a conheci selvagem. Desde que me lembro, ela tremeluzia diante de mim, mergulhando na sensatez e depois saindo dela. E era por isso que estudá-la agora, tranquila à luz da tarde, era como observar um tempo passado.

Um olho abriu. Envolto por uma película leitosa de sono, se arregalou para conter minha imagem. Fiquei frente a frente comigo mesmo, fixo pelos raios de luz que passavam pela janela. Então o segundo olho abriu, esse ligeiramente róseo, porém mais claro. "Com fome, Cachorrinho?", ela perguntou, o rosto sem expressão, como se ainda dormisse.

Fiz que sim com a cabeça.

"O que a gente devia comer num tempo desse?" Ela fez um gesto abrangendo a sala.

Uma pergunta retórica, decidi, e mordi meu lábio.

Mas eu estava errado. "Eu disse O que a gente pode comer?" Ela sentou, os cabelos que iam até os ombros espalhados atrás dela como se ela fosse um personagem de desenho animado que acabou de ser detonado com TNT. Ela engatinhou, se acocorou diante dos soldadinhos de brinquedo, pegou um da pilha, segurou entre os dedos, e analisou. As unhas, perfeitamente pintadas e feitas por você, com a tua precisão de costume, eram a única coisa imaculada nela. Distintas e com um brilho de rubi, se destacavam das articulações calejadas e rachadas enquanto ela segurava o soldado, um operador de rádio, e o examinava como se fosse um artefato recém-desenterrado. Com um rádio nas costas, o soldado está com um joelho no chão, gritando eternamente no receptor. O uniforme sugere que ele combate na Segunda Guerra Mundial. "Quem você ser, messeur?", ela pergunta ao sujeito de plástico numa mistura truncada de idiomas. Num só movimento, ela colocou o rádio dele na orelha e escutou atenta, olhando para mim. "Sabe o que estão me contando, Cachorrinho?", ela sussurrou em vietnamita. "Eles dizem..." Ela mergulhou a cabeça para um lado, se encostou em mim, seu hálito uma mescla de xarope para tosse Ricola e o aroma de carne do sono, a cabeça do homenzinho verde engolida pela sua orelha. "Dizem que bons soldados só vencem quando são alimentados pela avó." Ela deixou escapar uma única risadinha entrecortada, depois parou, repentinamente sem expressão, e colocou o homem do rádio na minha mão, fechando meus dedos sobre a palma. E do nada levantou e foi para a cozinha, os chinelos batendo atrás dela. Agarrei a mensagem, as antenas plásticas machucando a palma da minha mão enquanto o som do reggae, abafado pelas paredes de um vizinho, entrava na sala.

Eu tenho e tive muitos nomes. Cachorrinho foi o nome que a Lan me deu. Que tipo de mulher dá nomes de flores para si e para a filha e depois chama o neto de cachorro? Uma mulher que cuida dos seus. Como você sabe, no vilarejo em que a Lan se criou, muitas vezes o menor ou mais fraco do grupo, como era meu caso, ganhava o nome das coisas mais desprezíveis: diabo, criança fantasma, focinho de porco, macaquinho, cabeça de búfalo, bastardo – deles todos, cachorrinho era o mais suave. Porque espíritos malignos, vagando pelo local em busca de crianças saudáveis, bonitas, ouviriam o nome de algo medonho sendo chamado para o jantar e passariam por cima da casa, poupando a criança. Amar algo, portanto, é dar a ela o nome de algo tão sem valor que pode ser deixado incólume – e vivo. Um nome, tênue como o ar, pode também ser um escudo. Um escudo de Cachorrinho.

Sentei nas lajotas da cozinha e fiquei vendo a Lan colocar duas montanhas de arroz fervendo numa tigela de porcelana com detalhes de videira em índigo. Ela pegou um bule e derramou chá de jasmim sobre o arroz, só o suficiente para alguns grãos flutuarem no pálido líquido âmbar. Sentados no chão, passamos a tigela cheirosa e fervente de um para o outro. O gosto é o que você imaginaria terem flores amassadas – amargo e seco, deixando depois um sabor de brilho e doçura. "Genuína comida de camponês", Lan sorriu. "Isso é nossa fast food, Cachorrinho. O nosso McDonald's!" Ela inclinou o corpo e deixou sair um peido gigante. Segui o exemplo e soltei um também, e nós dois rimos de olhos fechados. Depois ela parou. "Coma tudo." Ela apontou com o queixo para a tigela. "Cada grão que você deixar para trás é uma larva que você vai comer no inferno." Ela tirou o elástico que estava no pulso e prendeu o cabelo num coque.

Dizem que o trauma afeta não só o cérebro, mas também o corpo, as articulações e a postura. As costas da Lan ficavam perpetuamente encurvadas – a tal ponto que eu mal conseguia ver sua cabeça quando ela ficava de pé na pia. Só se via o cabelo preso atrás, sacudindo enquanto ela esfregava.

Ela olhou para a prateleira da despensa, vazia a não ser por um pote solitário de manteiga de amendoim já pela metade. "Eu tenho que comprar mais pão."

Uma noite, um ou dois dias antes do Dia da Independência, os vizinhos soltavam fogos de artifício de uma laje na nossa quadra. Faixas fosforescentes rasgavam o céu roxo, poluído de luzes, e se rasgavam em imensas explosões que reverberavam em nosso apartamento. Eu dormia no chão da sala, entalado entre você e a Lan, quando senti o calor do corpo dela, pressionado contra as minhas costas a noite toda, sumir. Quando virei, ela estava de joelhos, se coçando loucamente nos cobertores. Antes que eu pudesse perguntar qual era o problema, a mão dela, fria e úmida, agarrou minha boca. Ela colocou o dedo sobre os lábios.

"Shhh. Se você gritar", ouvi ela dizer, "os morteiros vão saber onde a gente está."

A luz da rua nos olhos dela refletindo poças ictéricas no rosto escuro. Ela agarrou meu pulso e me puxou em direção à janela, onde nos agachamos amontoados debaixo do peitoril, ouvindo as explosões ricochetearem sobre nossas cabeças. Lentamente, ela me guiou para o seu colo e esperamos.

Ela foi em frente, falando em explosões de sussurros, sobre os morteiros, sua mão periodicamente cobrindo a parte de baixo do meu rosto – o cheiro de alho e pomada no meu nariz. Acho que ficamos duas horas ali, meu coração batendo continuamente nas minhas costas à medida que o céu ficava acinzentado, depois lavado em índigo, revelando duas formas adormecidas e envoltas em cobertores e estendidas pelo chão à nossa frente: você e sua irmã Mai. Você lembrava cadeias de montanhas em uma tundra coberta por neve. Minha família, pensei, eram aquelas paisagens árticas silenciosas, plácidas enfim depois de uma noite de fogo de artilharia. Quando o queixo de Lan pesou no meu ombro, sua respiração uniforme no meu ouvido, soube que ela tinha se unido às filhas no sono, e a neve de julho – lisa, total e inominada – era a única coisa que eu via.

Antes de ser Cachorrinho, eu tive outro nome – o nome que me deram ao nascer. Em uma tarde de outubro numa cabana coberta de folhas de bananeira perto de Saigon, no mesmo arrozal em que você cresceu, eu me tornei teu filho. Segundo a Lan contou, um xamã local e seus dois assistentes ficaram acocorados do lado de fora da cabana esperando o primeiro choro. Depois que a Lan e as parteiras cortaram o cordão umbilical, o xamã e seus assistentes entraram correndo, me embrulharam, ainda grudento do parto, num pano branco, e correram para o rio ali perto, onde me banharam sob véus de fumaça de incenso e sálvia. Berrando, com cinzas espalhadas pela testa, fui posto nos braços do meu pai, e o xamã sussurrou o nome que tinha me dado. Significa Líder Patriótico da Nação, o xamã explicou. Contratado pelo meu pai, e percebendo o comportamento áspero dele, o jeito como enchia o peito para aumentar o corpo de 1m57 ao andar, falando com gestos que pareciam golpes, o xamã escolheu um nome, imagino, que agradaria o sujeito que estava pagando. E ele estava certo. Meu pai ficou radiante, a Lan me contou, me erguendo sobre a cabeça na soleira da cabana. "Meu filho vai ser o líder do Vietnã", ele gritou. Mas em dois anos, o Vietnã – treze anos depois da guerra e ainda em completa desordem – ficou tão medonho que fugimos daquele exato pedaço de chão em que ele estava, o solo onde, a poucos metros de distância, teu sangue fez um círculo vermelho-escuro entre tuas pernas, transformando a terra ali em lama – e eu estava vivo.

Outras vezes, a Lan parecia ambivalente em relação a barulhos. Lembra aquela noite, depois que nos juntamos em volta da Lan para ouvir uma história depois do jantar, e as armas começaram a disparar do outro lado da rua? Tiros não eram incomuns em Hartford, mas eu nunca estava preparado para o som lancinante e no entanto mais mundano do que eu imaginava, como *home runs* num jogo infantil, um depois do outro, no parquinho à noite. Todos nós gritamos – você, a tia Mai, e eu – bochechas e narizes pressionados contra o chão. "Alguém apague as luzes", você gritou.

Depois que a sala estava na escuridão por alguns segundos, a Lan disse: "O quê? Foram só três tiros." A voz veio do exato lugar em que ela estava sentada. Ela nem se mexeu. "Não foram? Vocês estão mortos ou respirando?"

As roupas farfalharam contra a pele enquanto ela gesticulava acima de nós. "Na guerra, vilarejos inteiros explodiam antes de você saber onde estavam teus colhões." Ela assoou o nariz. "Agora acenda a luz de volta antes que eu esqueça onde parei."

Com a Lan, uma das minhas tarefas era pegar uma pinça e tirar, um a um, os cabelos grisalhos dela. "A neve no meu cabelo", ela explicava, "faz minha cabeça coçar. Você tira meus cabelos que coçam, Cachorrinho? A neve está criando raízes em mim." Ela punha uma pinça entre meus dedos: "Faça a vovó ficar jovem hoje, tá bom?", ela dizia bem baixinho, sorrindo.

Ela me pagava por esse trabalho com histórias. Depois de posicionar a cabeça dela sob a luz da janela, eu me ajoelhava em uma almofada atrás dela, a pinça pronta na minha mão. Ela começava a falar, o tom baixando uma oitava, deixando-se profundamente à deriva em uma narrativa. Na maior parte do tempo, como era típico, ela divagava, as histórias andando em círculos uma depois da outra. Elas saíam em espiral da mente dela e voltavam na semana seguinte com a mesma introdução: "Agora essa, Cachorrinho, vai *realmente* te pegar. Está pronto? Você está pelo menos interessado no que eu estou falando? Ótimo. Porque eu nunca minto." A seguir vinha uma história familiar, pontuada pelas mesmas pausas dramáticas e inflexões nos momentos importantes ou nas reviravoltas cruciais. Eu mexia a boca junto com as frases, como se vendo um filme pela enésima vez – um filme feito das palavras da Lan e animado pela minha imaginação. Desse jeito, nós colaborávamos.

Enquanto eu arrancava os cabelos, as paredes brancas à nossa volta não se enchiam exatamente de paisagens fantásticas, era mais como se cedessem lugar a elas, o gesso se desintegrando para revelar o passado por detrás dele. Cenas da guerra, mitologias de macacos semelhantes a homens, de caçadores de fantasmas das colinas de Da Lat que eram pagos com jarros de vinho de arroz, viajando pelos vilarejos com matilhas de cães selvagens e feitiços anotados em folhas de palmeiras para afastar espíritos malignos.

Também havia histórias pessoais. Como da vez que ela contou como você nasceu, do soldado americano branco ancorado num destroier da Marinha, na Baía de Cam Ranh. Como a Lan foi se encontrar com ele usando a *áo dài* púrpura dela, as pontas ondulando atrás dela sob as luzes do bar enquanto ela andava. Como, a essa altura, ela já tinha abandonado o primeiro marido, de um casamento arranjado. Como, sendo uma moça vivendo numa cidade durante a guerra pela primeira vez, sem família, eram o corpo dela, o vestido púrpura dela, que a mantinham viva. Enquanto ela falava, minha mão ficava mais lenta, depois parava. Eu ficava absorto pelo filme que passava nas paredes do apartamento. A história fez eu me esquecer de mim, perdi o rumo, deliberadamente, até ela esticar a mão para trás e dar uma pancada na minha coxa. "Ei, não me vá dormir agora!" Mas eu não estava dormindo. Estava ao lado dela enquanto o vestido roxo se agitava no bar enfumaçado, os copos tilintando sob o cheiro de óleo de motor e charutos, de vodca e pólvora dos uniformes dos soldados.

"Me ajude, Cachorrinho." Ela colocou minhas mãos no peito dela. "Me ajude a continuar jovem, tire essa neve da minha vida, tire tudo isso da minha vida." Eu soube, naquelas tardes, que a loucura às vezes pode levar à descoberta, que a mente, fraturada e em curto-circuito, não está totalmente errada. A sala se enchia e enchia de novo com nossas vozes enquanto a neve caía da cabeça dela, o piso de madeira em volta dos meus joelhos ficando branco à medida que o passado se desenrolava em torno de nós.

E tinha o ônibus escolar. Naquela manhã, como em todas as manhãs, ninguém sentou ao meu lado. Encostei na janela e preenchi minha visão com o exterior, malva com a escuridão do início da manhã: o

Motel 6, a lavanderia Kline's, que ainda não tinha aberto, um Toyota bege sem capô abandonado em frente a um jardim com um balanço de pneu inclinado na terra. À medida que o ônibus acelerava, pedaços da cidade rodopiavam como objetos numa máquina de lavar. Em todo lugar à minha volta, meninos se empurravam. Eu sentia o vento dos braços e pernas deles se movendo rápido atrás da minha nuca, os braços e punhos agitados deslocando o ar. Conhecendo o rosto que tenho, seus traços raros para essa parte do mundo, forcei a cabeça ainda mais contra a janela para evitá-los. Foi aí que vi uma fagulha no meio de um estacionamento lá fora. Só quando ouvi as vozes atrás de mim percebi que a fagulha veio de dentro da minha cabeça. Que alguém enfiou minha cara no vidro.

"Fala inglês", disse o menino com um corte tigelinha nos cabelos amarelos, a papada corada e ondulante.

Os muros mais cruéis são feitos de vidro, Mãe. Eu queria quebrar o vidro e saltar pela janela.

"Ei." O garoto-papada se inclinou, a boca de vinagre do lado do meu rosto. "Você nunca diz nada? Você não fala inglês?" Ele agarrou meu ombro e me girou para ficar de frente para ele. "Olhe pra mim quando eu falo com você."

Ele tinha só nove anos, mas já dominava o dialeto dos pais americanos perturbados. Os meninos se aglomeraram em torno de mim, sentindo que ia haver diversão. Eu sentia o cheiro das roupas recém-lavadas deles, os amaciantes de lilás e lavanda.

Eles esperaram para ver o que ia acontecer. Quando a única coisa que fiz foi fechar os olhos, o garoto me deu um tapa.

"Diz alguma coisa." Ele enfiou o nariz roliço na minha bochecha ardendo. "Você não consegue dizer pelo menos *uma* coisa?"

O segundo tapa veio de cima, de outro garoto.

Corte-tigelinha pegou meu queixo e girou minha cabeça na direção dele. "Diz meu nome, então." Ele piscou, os cílios, longos e louros, quase nada palpitaram. "Que nem a tua mãe disse ontem de noite."

Lá fora, as folhas caíam, gordas e úmidas como dinheiro sujo, pelas janelas. Eu me voluntariei a uma obediência severa e disse o nome dele. Deixei o riso deles entrar em mim.

"De novo", ele disse.

"Kyle."

"Mais alto."

"Kyle." Meus olhos ainda fechados.

"Muito bem, putinha."

Então, como uma virada no clima, começou a tocar uma música no rádio. "Ei, meu primo foi ao show deles!" E assim, do nada, acabou. As sombras deles saíram de cima de mim. Deixei meu nariz escorrer. Olhei para os meus pés, para os tênis que você comprou para mim, aqueles com luzes vermelhas que piscavam na sola quando eu andava.

Minha testa encostada no banco à minha frente, chutei meus tênis, gentilmente no começo, depois mais rápido. Meus tênis entraram em erupção com luzes silenciosas: as menores ambulâncias do mundo, indo a lugar nenhum.

Naquela noite você estava sentada no sofá com uma toalha enrolada no corpo depois do banho, um Marlboro Vermelho queimando na mão. Fiquei ali, segurando minhas pernas contra o peito.

"Por quê?" Você olhava fixamente a TV.

Você enfiou o cigarro na xícara de chá e eu imediatamente me arrependi de ter contado. "Por que você ia deixar eles fazerem isso? Não feche os olhos. Você não está dormindo."

Você pôs teus olhos em mim, fumaça azul rodopiando entre nos.

"Que tipo de menino ia deixar fazerem isso?" A fumaça vazava pelos cantos da tua boca. "Você não fez nada." Você deu de ombros. "Simplesmente deixou."

Pensei na janela de novo, pensei que tudo parecia uma janela, mesmo o ar entre nós.

Você agarrou meus ombros, a testa pressionada forte contra a minha. "Pare de chorar. Você chora o tempo todo!" Você estava tão perto que eu sentia o cheiro de cinzas e pasta de dentes. "Ninguém está batendo em você ainda. Pare de chorar. Eu disse pra parar, cacete!" O terceiro tapa daquele dia arremessou meu olhar para um lado, a tela da TV passou num flash diante dos meus olhos antes de minha cabeça girar de volta para encarar você. Teus olhos percorriam meu rosto de um lado para o outro.

E então você me puxou na tua direção, meu queixo apertado contra teu ombro.

"Você tem que encontrar um jeito, Cachorrinho", você disse em meio aos meus cabelos. "Você precisa encontrar, porque meu inglês não é bom o bastante pra te ajudar. Eu não tenho como dizer alguma coisa pra fazer eles pararem. Encontre um jeito. Encontre um jeito ou nunca mais me conte essas coisas, está ouvindo?" Você se afastou. "Você tem que ser um menino de verdade e ser forte. Você tem que mostrar que é forte ou eles vão continuar. Você já está de barriga cheia de inglês." Você colocou a mão na minha barriga, quase sussurrando. "Você tem que usar isso, ok?"

"Sim, Mãe."

Você penteou meu cabelo de lado, me deu um beijo na testa. Você me estudou, um pouco a mais do que devia, antes de se jogar no sofá gesticulando. "Me pega outro cigarro."

Quando voltei com o Marlboro e um isqueiro Zippo, a TV estava desligada. Você ficou ali sentada, só olhando a janela azul.

Na manhã seguinte, na cozinha, vi você servir leite num copo da altura da minha cabeça.

"Toma", você disse, os lábios numa careta de orgulho. "Isso é leite americano e com isso você vai crescer muito. Certeza."

Tomei tanto daquele leite gelado que ele perdeu o gosto na minha língua adormecida. Toda manhã a partir disso, a gente repetia esse ritual: o leite servido numa grossa fita branca, eu tomava, fazendo barulho, garantindo que você visse, nós dois esperando que a brancura que sumia dentro de mim me fizesse um menino amarelo mais forte. Estou tomando luz, eu pensava. Estou me enchendo de luz. O leite iria apagar toda a escuridão dentro de mim com uma inundação de brilho. "Mais um pouco", você dizia, dando tapinhas no balcão da pia. "Sei que é bastante. Mas vale a pena."
Eu punha o copo no balcão, radiante. "Está vendo?", você dizia, de braços cruzados. "Você já parece o Super-Homem."
Eu sorria, leite borbulhando entre meus lábios.

Há quem diga que a história se move numa espiral, não na linha reta que a gente passou a esperar. Viajamos pelo tempo numa trajetória circular, nossa distância aumentando em relação a um epicentro, e depois voltando, num círculo mais distante.

A Lan, por meio de suas histórias, também viajava numa espiral. Enquanto eu ouvia, havia momentos em que a história mudava – não muito, apenas um minúsculo detalhe, a hora do dia, a cor da camiseta de alguém, dois ataques aéreos em vez de três, um AK-47 em vez de uma 9 milímetros, a filha rindo, não chorando. Ocorriam mudanças na narrativa – o passado jamais uma paisagem fixa e dormente, mas algo que se revisita. Queira ou não, a gente viaja em espiral, cria algo novo a partir do que já foi. "Me faça ser jovem de novo", a Lan dizia. "Deixe meus cabelos pretos de novo, não neve assim, Cachorrinho. Não neve."
Mas a verdade é que eu não sei, Mãe. Tenho teorias que eu anoto e depois apago e me afasto da mesa. Coloco a chaleira para esquentar e deixo o som da água borbulhante me fazer mudar de ideia. Qual é a tua teoria – sobre qualquer coisa? Sei que se eu perguntasse, você ia rir, cobrindo a boca, um gesto comum entre as meninas do vilarejo da

tua infância, que você manteve pela vida toda, mesmo com teus dentes naturalmente retos. Você ia dizer não, teoria é pra gente com tempo demais e determinação de menos. Mas eu sei de uma. A gente estava num avião para a Califórnia – lembra disso? Você estava dando outra chance para ele, para o meu pai, mesmo com teu nariz ainda torto dos tapas que ele dava com as costas da mão. Eu tinha seis anos e a gente tinha deixado a Lan para trás em Hartford com a Mai. A certo ponto do voo, a turbulência ficou tão forte que eu saltei na poltrona, todo o meu corpo minúsculo separado do assento, depois puxado para baixo pelo cinto. Comecei a chorar. Você passou um braço em torno dos meus ombros, se encostou em mim, teu peso absorvendo os sacolejos do avião. Então você apontou as faixas de nuvens lá fora e disse: "Quando a gente chega alto assim, as nuvens viram pedras, rochas bem duras, é isso que você está sentindo." Os teus lábios roçando na minha orelha, o tom da voz calmante. Examinei as sólidas montanhas cor de granito no horizonte. Sim, claro que o avião balançava. Estávamos andando em meio a rochas, nosso voo um ato de perseverança sobrenatural. Porque voltar para aquele homem exigia esse tipo de mágica. O avião *devia* chacoalhar, devia quase estilhaçar. Com as leis do universo renovadas, me encostei no banco e observei enquanto rompíamos uma montanha após a outra.

Quando se trata de palavras, você tem menos do que as moedas que economizou das gorjetas de manicure no galão de leite embaixo do armário. Era comum você apontar um pássaro, uma flor ou um par de cortinas de renda no Walmart e dizer apenas que é bonito – fosse o que fosse. "Đẹp quá!" você exclamou uma vez, apontando para o beija-flor zumbindo sobre a orquídea creme no jardim do vizinho. "É bonito!" Você me perguntou como era o nome daquilo e eu respondi em inglês – o único idioma que eu tinha para aquilo. Você sacudiu a cabeça sem expressão.

No dia seguinte você já tinha esquecido o nome, as sílabas escorregando da tua língua. Mas, voltando da cidade, vi o potinho de dar comida para beija-flor no nosso jardim, a esfera de vidro cheia de um néctar claro, doce, cercada por flores plásticas coloridas com buracos fininhos para os bicos deles. Quando perguntei, você pegou a caixa de papelão amassada do lixo, apontou para o beija-flor, suas asas borradas e o bico em forma de agulha – um pássaro que você não sabia nomear, mas que mesmo assim sabia reconhecer. – Đẹp quá – você sorriu. – Đẹp quá.

Quando você voltou para casa naquela noite, depois da Lan e eu termos compartilhado nosso arroz com chá, todos nós andamos os quarenta minutos necessários para chegar até o C-Town perto da avenida New Britain. Você queria comprar rabo de boi, para fazer bún bò huế para a semana fria de inverno que tínhamos pela frente.

A Lan e eu ficamos do teu lado no balcão do açougueiro, de mãos dadas, enquanto você procurava os blocos de carne marmórea através do vidro. Sem conseguir ver os rabos, você acenou para o sujeito atrás do balcão. Quando ele perguntou se podia ajudar, você parou por muito tempo antes de dizer, em vietnamita: "Đuôi bò. Anh có đuôi bò không?"

Os olhos dele piscaram olhando para cada um dos nossos rostos e ele perguntou de novo, chegando mais perto. A mão da Lan se contraiu dentro da minha. Hesitante, você colocou o indicador na parte de baixo da coluna, virou um pouco, para que o sujeito pudesse ver tuas costas, depois mexeu o dedo enquanto fazia sons de mugidos. Com a outra mão, você fez um par de chifres acima da tua cabeça. Você se mexeu, se retorcendo e girando – cuidadosamente para que ele pudesse reconhecer cada parte da tua encenação. Mas ele apenas riu, primeiro com a mão cobrindo a boca, depois mais alto, estrondosamente. O suor da tua testa rebateu a luz fluorescente. Uma mulher de meia-idade, carregando uma caixa de Lucky Charms, passou por nós arrastando os pés, contendo o riso. Você mexeu num molar com a língua, a bochecha protuberante. Parecia que você estava se afogando no ar. Você tentou francês, fragmentos da língua que haviam restado da tua infância. "*Derrière de vache!*", você falou alto, as veias do pescoço aparecendo. Como resposta, o sujeito gritou para a sala dos fundos, de onde saiu um sujeito de traços mais escuros e que falou com você em espanhol. Lan soltou a minha mão e se uniu a você – mãe e filha se contorcendo e mugindo em círculos, a Lan rindo o tempo todo.

Os dois homens se acabaram de rir, batendo no balcão, dentes à mostra, imensos e brancos. Você virou para mim, o rosto molhado, suplicando: "Diz pra eles. Vai lá e diz pra eles o que a gente precisa." Eu não sabia que rabo de boi chamava *rabo de boi*. Sacudi a cabeça, a vergonha brotando dentro de mim. Os sujeitos olharam, seu riso reduzido agora a uma preocupação perplexa. O açougue estava fechando. Um deles perguntou de novo, cabeça abaixada, sincero. Mas fomos embora. Abandonamos o rabo de boi, o bún bò huế. Você pegou um pão fatiado e um pote de maionese. Nenhum de nós falou enquanto pagávamos, nossas palavras repentinamente erradas em todo lugar, até nas nossas bocas.

Na fila, em meio aos chocolates e revistas, tinha uma bandeja com anéis de humor. Você pegou um entre os dedos e, depois de conferir o preço, pegou três – um para cada um de nós. "Đẹp quá", você disse depois de um tempo, quase inaudível. "Đẹp quá."

Nenhum objeto está numa relação constante com o prazer, escreveu Barthes. *Para o escritor, no entanto, esse objeto existe, é a língua materna.* Mas e se a língua materna atrofiar? E se essa língua for não só o símbolo de um vácuo, mas for em si um vácuo, e se a língua for amputada? É possível sentir prazer na perda sem se perder inteiramente? Meu vietnamita é o que você me deu, é aquele cuja dicção e cuja sintaxe chegam apenas ao nível da segunda série.

Quando menina, você viu, de uma plantação de bananas, tua escola desmoronar depois de um ataque com napalm feito pelos americanos.

Você tinha cinco anos, e nunca mais voltou a pisar numa sala de aula. Nossa língua materna, então, não tem nada de mãe – é uma órfã. Nosso vietnamita é uma cápsula do tempo, uma marca de onde tua educação terminou, virou cinzas. Mãe, falar na nossa língua materna é falar apenas parcialmente em vietnamita, mas integralmente em guerra.

Naquela noite prometi para mim mesmo que eu jamais ficaria sem palavras quando você precisasse de mim para falar por você. Assim começou minha carreira como intérprete oficial da família. Dali em diante, eu preenchia tuas lacunas, nossos silêncios, gaguejadas, sempre que podia. Eu trocava de códigos. Despia a nossa língua e vestia meu inglês, como uma máscara, para que os outros vissem meu rosto, e portanto o teu.

Quando você trabalhou por um ano na fábrica de relógios, eu liguei para o teu chefe e disse, com minha mais educada dicção, que minha mãe queria diminuir a carga horária. Por quê? Porque ela estava exausta, porque ela caía no sono na banheira depois de chegar em casa do trabalho, e eu tinha medo de que ela se afogasse. Uma semana depois, você teve a carga reduzida. Ou as vezes, tantas vezes, que eu ligava para o catálogo da Victoria's Secret pedindo sutiãs, calcinhas, leggings para você. As telefonistas, depois de ficarem confusas com a voz de um pré-adolescente do outro lado da linha, achavam lindo um menino comprar lingerie para a mãe. Elas faziam awwwnn no telefone, várias vezes me dando frete grátis. E me perguntavam sobre a escola, sobre os desenhos animados que eu assistia, me contavam sobre os filhos delas, diziam que você, minha mãe, devia ficar muito feliz.

Não sei se você é feliz, Mãe. Nunca perguntei

De volta ao apartamento, não tínhamos rabo de boi. Mas *tínhamos* três anéis de humor, cada um de nós com um cintilando em nossos dedos. Você estava deitada de barriga para baixo sobre uma coberta estirada no chão, com a Lan montada nas tuas costas, massageando os nós e os trechos rígidos dos teus ombros. A luz esverdeada da TV fazia parecer que todos estávamos debaixo d'água. A Lan resmungava outro monólogo sobre uma das vidas dela, cada frase uma versão da anterior, e só se interrompendo para te perguntar onde doía.

Dois idiomas cancelam um ao outro, sugere Barthes, acenando para um terceiro. Por vezes nossas palavras são escassas e distantes entre si, ou simplesmente vêm de outras pessoas. Nesse caso as mãos, embora limitadas pelas fronteiras da pele e da cartilagem, podem ser o terceiro idioma que dá vida quando a língua vacila.

É verdade que, em vietnamita, raramente dizemos *eu te amo*, e quando dizemos, é quase sempre em inglês. Carinho e amor, para nós, têm pronúncia mais clara por meio de serviços: tirar cabelos brancos, se agarrar ao seu filho para absorver a turbulência de um avião e, portanto, o medo dele. Ou agora – quando a Lan me chamou: "Cachorrinho, vem cá e me ajuda a ajudar a tua mãe." E a gente se ajoelhou, cada um de um lado do teu corpo, massageando os músculos endurecidos dos antebraços, depois chegando aos pulsos, aos dedos. Por um momento quase breve demais para importar, aquilo fez sentido – aquelas três pessoas no chão, conectadas entre si pelo toque, perfaziam algo parecido com a palavra *família*.

Você gemia de alívio enquanto relaxávamos teus músculos, desemaranhando você apenas com o peso de nossos próprios corpos. Você ergueu o dedo e, falando com a boca no cobertor, disse: "Estou feliz?"

Só quando vi o anel de humor percebi que você estava me pedindo, mais uma vez, para interpretar uma outra parte dos Estados Unidos. Antes que pudesse responder, Lan pôs a mão dela na frente do meu nariz. "Confere o meu também, Cachorrinho. Eu estou feliz?" Pode ser que, ao escrever para você aqui, eu esteja escrevendo para todo mundo, pois como pode haver um lugar privado se não existe espaço seguro, se o nome de um menino pode ao mesmo tempo protegê-lo e transformá-lo em um animal.

"Sim, vocês duas estão felizes", respondi, sem ter a menor ideia. "As duas estão felizes, Mãe. Sim", eu disse de novo. Porque tiros, mentiras e rabos de boi, ou seja lá que nome você queira dar a seu deus, deveriam dizer *Sim* repetidas vezes, em ciclos, em espirais, sem qualquer outro motivo além de ouvir a própria existência. Porque o amor, nos seus melhores momentos, se repete. Não devia?

"Eu estou feliz!" A Lan jogou os braços para cima. "Estou feliz no meu barco. Meu barco, está vendo?" Ela apontou para os teus braços, espalhados como remos, ela e eu um de cada lado. Olhei para baixo e vi, as tábuas marrom-amareladas girando e se transformando em correntes lamacentas. Vi a fraca maré cheia de óleo e grama morta. Não estávamos remando, estávamos à deriva. Estávamos nos agarrando a uma mãe do tamanho de um bote, até que a mãe abaixo de nós ficou dura dormindo. Em breve todos nós ficamos em silêncio enquanto o barquinho nos levava por esse grande rio marrom chamado Estados Unidos, finalmente felizes.

É um belo país dependendo de onde você olha. Dependendo de onde você olha, você pode ver a mulher esperando à beira da estrada de chão, um bebezinho embrulhado num xale azul-celeste nos braços. Ela balança os quadris, segura a cabeça da menina. *Você nasceu*, a mulher pensa, *porque não tinha mais ninguém vindo*. Porque não tem mais ninguém vindo, ela começa a murmurar.

Uma mulher, que ainda não fez trinta anos, segura a filha à beira de uma estrada de chão em um belo país onde dois homens, com seus M-16 nas mãos, vão na direção dela. Ela está em um posto de controle, um portão feito de arame farpado e permissão armada. Atrás dela, os campos começaram a pegar fogo. Uma trança de fumaça cortando a página em branco do céu. Um dos homens tem cabelos negros, o outro, um bigode amarelo que parece uma cicatriz de luz do sol. O cansaço deles fede a gasolina. Os rifles balançam enquanto eles se aproximam, ferrolhos metálicos piscando no sol da tarde.

Uma mulher, uma menina, uma arma. É uma história antiga, que qualquer um pode contar. Um clichê em um filme que você poderia evitar se já não estivesse aqui, se já não estivesse escrito.

Começou a chover; e a terra em torno dos pés nus da mulher está salpicada de aspas marrom-avermelhadas – seu corpo algo com que se fala. A camiseta branca gruda nos ombros magros à medida que ela sua. A grama em toda a volta dela está achatada, como se deus tivesse apertado com sua mão, reservando um espaço para um oitavo dia. É um belo país, ela ouviu dizer, dependendo de quem você é.

Não é um deus – claro que não – é um helicóptero, um Huey, outro senhor cujos ventos são tão fortes que, a poucos metros, um rouxinol cinza-estopa se debate na grama alta, sem conseguir se pôr de pé. O olho da moça se enche com o helicóptero no céu, seu rosto um pêssego caído. O xale azul finalmente visível com tinta preta, como essa. Em algum lugar profundo desse belo país, atrás de uma garagem iluminada por lâmpadas fluorescentes, segundo a lenda, cinco homens se reuniram em torno de uma mesa. Por baixo dos chinelos, poças de óleo de motor não refletem nada. Em uma das pontas da mesa um amontoado de garrafas. A vodca dentro delas brilha na luz bruta enquanto os homens conversam, cotovelos mudando impacientemente de posição. Eles ficam em silêncio a cada vez que um deles olha em direção à porta. Ela devia abrir a qualquer momento agora. A luz pisca uma vez, volta a acender.

A vodca servida em copos, alguns com anéis de ferrugem por terem sido guardados em uma caixa de munições da guerra anterior. Os copos pesados *batem* na mesa, a queimadura engolida em uma escuridão inventada pela sede.

Se eu disser que a mulher. Se eu disser que a mulher está abaixada, as costas curvadas debaixo dessa tempestade feita pelo homem, você consegue ver? De onde você está, a centímetros, o que significa dizer anos, desta página, você consegue ver os restos do xale azul soprando nas clavículas dela, a verruga na parte externa do olho esquerdo enquanto ela vê os homens com olhos semicerrados, que agora estão perto o suficiente para ela se dar conta de que não são nem de longe homens, são meninos – dezoito anos, vinte no máximo? Você consegue ouvir o som do helicóptero, o desmembramento que ele causa no ar, alto a ponto de abafar os gritos abaixo dele? O vento áspero de fumaça – e algo mais, um chamuscar ensopado de suor, seu gosto estranho e acre saindo de uma cabana na borda do campo. Uma cabana que, momentos atrás, estava cheia de vozes humanas.

A menina, orelha apertada no peito da mulher, escuta como se bisbilhotasse por trás de uma porta. Tem algo correndo dentro da mulher, um início, ou melhor, um rearranjo da sintaxe. Olhos fechados, ela procura, a língua no desfiladeiro de uma frase.

Veias verdes sobre os pulsos, o garoto ergue o M-16, cabelos louros marrons de suor ao longo dos braços. Os homens bebem e riem, os dentes separados como bocados de dados. Esse menino, os lábios repuxados em ângulo, olhos verdes com uma película rosa. Esse recruta de primeira classe. Os homens estão prontos a esquecer, alguns poucos ainda têm o perfume da maquiagem das esposas em seus dedos. A boca dele abre e fecha rapidamente. Ele está fazendo uma pergunta, ou mais de uma pergunta, está transformando o ar em torno de suas palavras em clima. Existe uma linguagem para quando você sai da linguagem? Um relance de dentes, um dedo no gatilho, o garoto dizendo: "Não. Não, pra trás."

O alvo cor de oliva costurado no peito do menino tem uma palavra dentro. Embora não consiga ler, a mulher sabe que aquilo sinaliza um nome, algo dado por uma mãe ou um pai, algo sem peso e no entanto carregado para sempre, como uma batida do coração. Ela sabe que a primeira letra do nome é um C. Como em Go Cong, o nome do mercado a céu aberto que ela visitou dois dias atrás, sua marquise de neon zumbindo na entrada. Ela foi lá comprar um novo xale para a menina. O tecido custou mais do que ela pretendia gastar, mas quando ela viu aquilo, brilho do dia em meio ao cinza e marrom dos ferrolhos, ela espiou o céu, embora já anoitecesse, e pagou sabendo que não restaria nada com que comer. Azul-celeste.

Quando a porta abre, os homens largam os copos, alguns rapidamente tomando o restinho. Um macaco, do tamanho de um cachorro, é levado para dentro, com coleira e guia, por um sujeito curvado, com cabelos brancos penteados. Ninguém fala. Todos os dez olhos estão no mamífero cambaleando sala adentro, o pelo vermelho-queimado fedendo a álcool e fezes, depois de ser forçado a ingerir vodca e morfina a manhã toda em sua jaula.

As lâmpadas fluorescentes zunem continuamente sobre eles, como se a cena fosse um sonho que a luz está tendo.

Uma mulher está de pé à beira de uma estrada de chão implorando, em uma língua tornada obsoleta pelos tiros, para entrar no vilarejo onde fica sua casa, onde sua casa está há décadas. É uma história humana. Qualquer um pode contar. Você consegue contar? Consegue contar que a chuva engrossou, suas batidas nas teclas salpicando o xale azul de preto?

A força da voz do soldado puxa a mulher de volta. Ela vacila, um braço se movendo, e depois para, pressionando a menina contra o corpo.

Uma mãe e uma filha. Um eu e um você. É uma história antiga.

O sujeito curvado leva o macaco para debaixo da mesa, guia sua cabeça até um buraco cortado no centro. Outra garrafa é aberta. A tampa de girar estala enquanto os homens pegam seus copos.

O macaco é amarrado a uma barra sob a mesa. Ele se debate. Com a boca abafada atrás de uma tira de couro, seus gritos soam mais como o carretel de uma vara de pescar lançada bem longe em um lago.

Vendo as letras no peito do garoto, a mulher se lembra do próprio nome. A posse de um nome, afinal, sendo a única coisa que eles compartilham.

"Lan", ela diz. "Tên tôi là Lan." Meu nome é Lan.

Lan significa Orquídea. Lan é o nome que ela deu a si mesma, depois de nascer sem nome. Porque a mãe dela simplesmente a chamava de *Sete*, a ordem em que ela chegou ao mundo depois dos irmãos.

Foi só depois de ela fugir, aos dezessete, de seu casamento arranjado com um homem que tinha o triplo de sua idade, que Lan deu a si seu nome. Uma noite, ela preparou chá para o marido, colocando uma pitada de caule de lótus para deixar seu sono mais profundo, depois esperou as paredes de folha de palmeira tremerem com seu ronco. Em meio à noite rasa e escura, ela abriu caminho, sentindo um galho baixo após o outro.

Horas mais tarde, ela bateu na porta da casa da mãe. "Sete", a mãe disse por uma fresta na porta, "a mulher que abandona o marido é o fruto podre da colheita. Você sabe disso. Como pode não saber?" E então a porta se fechou, mas não antes de uma mão, com nós de madeira, colocar um par de brincos de pérola nas mãos de Lan. O rosto pálido da mãe apagado pelo movimento da porta fechando, o clique da fechadura.

Os grilos estavam barulhentos demais enquanto Lan cambaleava em direção ao poste de luz mais próximo, depois seguia cada poste turvo, um a um, até que, pela aurora, a cidade apareceu, borrada de neblina.

Um sujeito vendendo bolos de arroz a viu, a camisola suja rasgada no pescoço, e ofereceu uma colherada de arroz-doce fervendo em uma folha de bananeira. Ela caiu na terra e mastigou, olhos fixos no chão entre seus pés cor de carvão.

"De onde você é", o sujeito perguntou, "uma moça como você andando por aí a essa hora? Como é seu nome?"

A boca cheia daquele som voluptuoso, os sons se formando em meio ao arroz mastigado antes de a vogal surgir, seu ah prolongado, pronunciado Laang, Orquídea, ela decidiu, sem motivo algum. "Lan", ela disse, o arroz caindo, como cacos de luz, de seus lábios. "Tên tôi là Lan."

Em torno do garoto soldado, da mulher e da menina há a insistência verdejante da terra. Mas que terra? Qual fronteira foi atravessada e apagada, dividida e reorganizada?

Vinte e oito anos agora, ela deu à luz uma menina que envolve em um trecho de céu roubado de um dia sem nuvens.

Às vezes, à noite, a menina dormindo, Lan olha para a escuridão, pensando em outro mundo, um mundo em que uma mulher segura sua filha à beira de uma estrada, uma lua em miniatura pendurada no ar límpido. Um mundo em que não há soldados ou Hueys e a mulher está apenas saindo para uma caminhada numa noite quente de primavera, onde ela fala bem suavemente com a filha, contando para ela a história de uma garota que fugiu da infância sem rosto para dar a si mesma o nome de uma flor que se abre como algo que se despedaça.

Devido à sua ubiquidade e ao tamanho diminuto, macacos são os primatas mais caçados no Sudeste da Ásia. O sujeito de cabelos grisalhos ergue um copo e faz um brinde, sorri. Cinco outros copos são erguidos para encontrar o dele, a luz se apaga a cada dose por exigência da lei. Os copos estão nas mãos de homens que em breve vão cortar o crânio do macaco com um bisturi, abrindo como se fosse a tampa de uma jarra. Os homens vão se revezar consumindo o cérebro, mergulhado em álcool ou engolido com dentes de alho em um prato de porcelana, enquanto o macaco chuta embaixo da mesa. A vara de pescar lançando a linha várias vezes sem jamais atingir a água. Os homens acreditam que a refeição irá livrá-los da impotência, que quanto mais o macaco se enfurece, mais forte a cura. Eles fazem isso pelo futuro de seus genes – em nome de seus filhos e filhas.

Eles limpam as bocas com guardanapos com girassóis impressos que logo ficam marrons, depois começam a rasgar – empapados.

Depois, à noite, os homens irão para casa renovados, barriga cheia, e se agarrarão a esposas e amantes. O perfume da maquiagem floral – rostos colados.

Um som agora de algo pingando. Um calor líquido desliza pela barra de sua calça preta. O cheiro acre da amônia. Lan mija nas calças na frente dos dois garotos – e segura mais forte a menina. Em torno dos pés dela um círculo de calor molhado. O cérebro do macaco é o mais próximo do humano, dentre todos os animais. As gotas de chuva ficam mais escuras à medida que escorrem pelo rosto de terra cozida do soldado louro antes de se reunirem, como elipses, na mandíbula dele.

"Yoo Et Aye numbuh won", ela diz, urina ainda pingando nos tornozelos. Depois de novo, mais alto. "Yoo Et Aye numbuh won."

"Nada de bangue-bangue." Ela ergue a mão livre para o céu, como se para que alguém a puxasse para cima. "Nada de bangue-bangue. Yoo Et Aye numbuh won."

Um tique no olho esquerdo do menino. Uma folha verde caindo em um lago verde.

Ele olha para a menina, a pele excessivamente rósea. A menina cujo nome é Hong, ou Rosa. Pois por que não outro nome de flor? Hong – uma sílaba que a boca precisa engolir toda de uma vez só. Orquídea e Rosa, lado a lado nessa estrada branco-hálito. Uma mãe segurando uma filha. Uma rosa crescendo do caule de uma orquídea.

Ele percebe o cabelo de Rose, seu tom variável de canela com matizes de louro perto das têmporas. Vendo que os olhos do soldado estão na filha, Lan puxa o rosto da menina para o peito, protegendo-a. O menino olha a criança, a brancura transparecendo no corpo amarelo. Ele podia ser seu pai, ele pensa, percebe. Alguém que ele conhece poderia ser o pai – seu sargento, o líder de esquadrão, um parceiro de pelotão, Michael, George, Thomas, Raymond, Jackson. Ele pensa neles, segurando forte o rifle, seus olhos na menina com sangue americano diante da arma americana.

"Nada de bangue-bangue... Yoo Et Aye...", Lan sussurra agora. "Yoo Et Aye..."

Macacos são capazes de ter dúvidas e de introspecção, características que antes pensávamos que só poderiam ser atribuídas a humanos.

Algumas espécies têm mostrado comportamentos que indicam o uso de julgamento, criatividade e até mesmo linguagem. Eles são capazes de reconhecer imagens passadas e de aplicá-las à solução de problemas atuais. Em outras palavras, macacos usam a memória para sobreviver.

Os homens irão comer até o animal estar vazio, o macaco ficando mais lento à medida que eles dão suas colheradas, seus membros pesados e apáticos. Quando não resta nada, quando todas as suas memórias se dissolvem nas correntes sanguíneas dos homens, o macaco morre. Outra garrafa será aberta.

Quem se perderá na história que contamos a nós mesmos? Quem se perderá em nós mesmos? Uma história, afinal, é um tipo de ingestão. Abrir uma boca, ao falar, é o mesmo que deixar apenas os ossos, cujas histórias não são contadas. É um belo país porque você ainda está respirando.

Yoo Et Aye numbuh won. Mãos para cima. Não atire. Yoo Et Aye numbuh won. Mãos para cima. Nada de bangue-bangue.

A chuva prossegue porque a nutrição também é uma força. O primeiro soldado recua. O segundo mexe na divisória de madeira, faz sinal para que ela avance. As casas atrás dela agora reduzidas a fogueiras. Enquanto o Huey volta para o céu, os caules de arroz se erguem, apenas levemente desmazelados. O xale ensopado em índigo pelo suor e pela chuva.

Na garagem, em uma parede com tinta descascada, tijolos à vista na parte de baixo, há uma prateleira que serve de altar improvisado. Nela estão imagens emolduradas de onde santos, ditadores e mártires, os mortos – uma mãe e um pai – olham, sem piscar. Nas molduras com vidro, o reflexo dos filhos recostados nas cadeiras. Um deles joga o que restou na garrafa sobre a mesa grudenta, limpando-a. Um pano branco é colocado sobre a mente oca do macaco. A luz na garagem pisca, volta a acender.

A mulher fica parada em um círculo de seu próprio mijo. Não, ela está parada sobre o ponto final de tamanho real de sua própria frase, viva. O garoto se vira, volta para seu lugar no posto de controle. O outro garoto toca no capacete e faz um gesto com a cabeça para ela, o dedo, ela percebe, ainda no gatilho. É um belo país porque você ainda está nele. Porque teu nome é Rose, e você é minha mãe e o ano é 1968 – o Ano do Macaco.

A mulher anda. Passando pelo guarda, ela olha uma última vez para o rifle. A boca do cano, ela percebe, não é mais escura do que a boca da filha. A luz pisca, volta a acender.

Acordo com o som de um animal aflito. O quarto tão escuro que nem sei dizer se meus olhos estão abertos. Uma brisa passa pela janela rachada, e com ela entra a noite de agosto, doce, mas cortada pelo cheiro alvejante dos produtos químicos do gramado – o perfume de jardins de subúrbio bem cuidados – e percebo que não estou na minha casa.

Sento na beira da cama e escuto. Talvez seja um gato machucado depois de uma briga com um guaxinim. Eu me equilibro no ar negro e vou rumo ao corredor. Há uma lâmina vermelha de luz vindo pela fresta de uma porta na outra ponta. O animal está dentro da casa. Tateio a parede que, na umidade, parece pele molhada. Caminho em direção à porta e ouço, entre os choramingos, a respiração do animal – mais pesada agora, algo com pulmões imensos, muito maior do que um gato. Espio pela fresta vermelha da porta – e é aí que eu vejo: o homem encurvado em uma poltrona de leitura, a pele branca e os cabelos ainda mais brancos tornados rosa, crus, sob uma lâmpada escarlate. E aí me ocorre: estou na Virgínia, nas férias de verão. Tenho nove anos. O nome do homem é Paul. Ele é meu avô – e chora. Uma foto polaroide torta treme entre seus dedos.

Empurro a porta. A lâmina vermelha se amplia. Ele olha para mim, perdido, esse homem branco com olhos úmidos. Não há animais aqui exceto nós.

★ ★ ★

Paul conheceu Lan em 1967 enquanto estava estacionado na Baía Cam Ranh com a Marinha americana. Eles se conheceram em um bar em Saigon, namoraram, se apaixonaram e, um ano mais tarde, casaram lá mesmo no fórum central da cidade. Durante toda a minha infância a foto do casamento deles ficou pendurada na parede da sala. Nela, um garoto do interior da Virgínia com cara de menino e olhos castanhos de corça, com menos de trinta anos, aparece radiante acima de sua nova esposa, cinco anos mais velha – uma menina do interior, no caso dela, de Go Cong, e mãe de Mai, de doze anos, nascida de seu casamento arranjado. Enquanto eu brincava com meus bonecos e soldadinhos, aquela foto pairava sobre mim, um ícone de um epicentro que levaria à minha própria vida. Nos sorrisos esperançosos do casal, é difícil imaginar que a foto foi feita durante um dos anos mais brutais da guerra. Na época em que a foto foi feita, com a mão de Lan no peito de Paul, sua aliança de casamento de pérola como uma gota de luz, você já tinha um ano de idade – esperando em um carrinho de bebê poucos metros atrás do fotógrafo enquanto o flash espocava.

A Lan me disse um dia, enquanto eu tirava seus cabelos grisalhos, que ao chegar a Saigon, depois de fugir de seu irrecuperável primeiro casamento, depois de fracassar na tentativa de arranjar emprego, ela acabou prestando serviços sexuais para soldados americanos de folga. Ela disse, com um orgulho cheio de farpas, como se defendendo diante de um júri: "Fiz o que qualquer mãe faria, dei um jeito de arranjar comida. Quem pode me julgar, hein? Quem?" O queixo dela saliente, a cabeça bem erguida para alguma pessoa invisível do outro lado da sala. Só quando ouvi o lapso dela percebi que, na verdade, falava com alguém: a mãe dela. "Eu nunca quis, Mãe. Eu queria ir para casa com você..." Ela se precipitou para a frente. A pinça caiu da minha mão, tilintando no chão de madeira. "Eu nunca pedi pra ser puta", disse aos soluços. "Uma mulher que abandona o marido é o fruto podre da colheita", ela repetiu o provérbio que a mãe citou para ela. "Uma mulher que abandona..." Ela balançava de um lado para outro, olhos fechados, rosto erguido para o teto, como se tivesse novamente dezessete anos.

No início, pensei que ela estava contando outra de suas histórias meio inventadas, mas os detalhes foram ficando mais claros à medida que a voz gaguejante punha em foco momentos estranhos mas idiossincráticos da narrativa. Que os soldados cheiravam a uma mistura de alcatrão, fumaça e chicletes de menta – o cheiro da batalha penetrando a tal ponto na carne que permanecia mesmo depois dos banhos. Que, deixando Mai com a irmã no vilarejo, a Lan alugou, perto do rio, um quarto sem janelas de um pescador, para onde levava os soldados. Que o pescador, vivendo no andar debaixo, espiava Lan por uma fresta na parede. Que os coturnos dos soldados eram tão pesados que, quando eles os jogavam para o lado ao deitar na cama, o barulho parecia o de corpos caindo, e ela estremecia sob as mãos que a esquadrinhavam.

A Lan ficava tensa à medida que falava, o tom se tornando mais inquieto ao mergulhar no domínio de sua segunda mente. Ela se voltou para mim depois, um dedo borrado sobre os lábios. "Psst. Não conte pra tua mãe." Depois ela deu um peteleco no meu nariz, os olhos brilhantes enquanto ela ria maniacamente.

Mas o Paul, tímido e acanhado, que frequentemente falava com as mãos no colo, não era cliente dela – e foi por isso que a história deles funcionou. Segundo a Lan, eles se encontraram, de fato, em um bar. Era tarde, quase meia-noite, quando a Lan entrou. Ela tinha encerrado o trabalho do dia e estava tomando uma saideira quando viu o "garoto perdido", como ela o chamou, sentado sozinho no balcão. Tinha um evento para os militares naquela noite em um dos hotéis de luxo, e o Paul estava esperando uma companhia que jamais chegou.

Eles conversaram enquanto bebiam e acharam um assunto em comum na infância que os dois passaram em áreas rurais, os dois criados num "fim de mundo" de seus respectivos países. Esses dois caipiras improváveis devem ter encontrado um dialeto familiar que superava o abismo entre as línguas diferentes. Apesar dos caminhos tremendamente diferentes, eles se viam transplantados para uma cidade decadente e desorientadora sitiada por bombardeios aéreos. Foi nessa casualidade familiar que eles encontraram refúgio um no outro.

Uma noite, dois meses depois de se encontrarem, Lan e Paul se refugiaram em um apartamento de um quarto em Saigon. A cidade estava sendo invadida devido a um avanço gigantesco dos norte-vietnamitas que mais tarde seria conhecido como a infame Ofensiva do Tet. A noite toda Lan ficou deitada em posição fetal, as costas contra a parede, Paul a seu lado, sua pistola 9 milímetros padrão apontada para a porta enquanto a cidade era rasgada por sirenes e tiros de morteiros.

Embora sejam apenas três da manhã, o abajur dá ao quarto a aparência dos últimos momentos de um pôr do sol sinistro. Sob o zumbido da lâmpada elétrica, Paul e eu olhamos um para o outro pela porta. Ele limpa os olhos com a palma de uma das mãos e acena para mim com a outra. Ele põe a foto no bolso do peito e coloca os óculos, piscando forte. Sento na cadeira de cerejeira ao lado dele.

"Tudo bem, Vô?", eu digo, ainda nublado pelo sono. O sorriso dele tem uma careta por baixo. Sugiro que vou para a cama, que ainda é cedo, mas ele sacode a cabeça.

"Tudo bem." Ele funga e se ajeita na cadeira, sério. "É só que... bom, eu fico pensando naquela música que você cantou mais cedo, aquela..." Ele semicerra os olhos, voltados para o chão.

"Ca trù", eu sugiro, "as cantigas populares, aquelas que a Vó cantava."

"Isso." Ele faz que sim vigorosamente com a cabeça. "Ca trù. Eu estava deitado lá no escuro e juro que continuava ouvindo isso. Faz tanto tempo que ouvi aquele som." Ele olha de relance para mim, me examinando, depois de volta para o chão. "Devo estar ficando louco."

Mais cedo naquela noite, depois do jantar, eu tinha cantado umas canções populares para o Paul. Ele perguntou o que eu aprendi durante o ano letivo e, já mergulhado no verão e tendo um branco, me ofereci para cantar umas cantigas que aprendi com a Lan. Cantei, me esforçando ao máximo, uma cantiga de ninar clássica que a Lan costumava cantar. A música, originalmente cantada pela famosa Khánh Ly, descreve uma mulher cantando em meio a cadáveres espalhados por colinas arborizadas. Examinando os rostos dos mortos, a cantora pergunta no refrão da música: *E qual de vocês, qual de vocês é minha irmã?*

Você lembra, Mãe, que a Lan começava a cantar isso do nada? Lembra que uma vez ela cantou isso na festa de aniversário do meu amigo Junior, o rosto dela da cor de carne moída por causa de uma única Heineken? Você sacudiu o ombro dela, dizendo para ela parar, mas ela foi em frente, olhos fechados, balançando de um lado para o outro enquanto cantava. O Junior e a família dele não entendiam vietnamita, graças a deus. Para eles era só a minha avó maluca murmurando por aí de novo. Mas você e eu ouvimos. Uma hora você largou tua fatia de bolo de abacaxi – intocada, os copos tilintando enquanto os cadáveres, que saíam da boca da Lan, se empilhavam à nossa volta.

Em meio aos pratos vazios manchados pelo ziti assado, cantei a mesma música, e Paul escutou. Depois, ele simplesmente aplaudiu, e nós fomos nos lavar. Eu tinha esquecido que o Paul também entende vietnamita, tendo aprendido durante a guerra.

"Desculpe", eu digo agora, observando a piscina de luz vermelha sob os olhos dele. "É uma canção tola, de qualquer jeito."

Do lado de fora, o vento passa pelos bordos, as folhas enxaguadas batendo contra a parede de madeira. "Vamos fazer um café ou alguma coisa assim, Vô."

"Certo." Ele faz uma pausa, meditando sobre alguma coisa, depois se levanta. "Deixa só eu colocar meus chinelos. Fico sempre com frio de manhã. Juro que tem alguma coisa errada comigo. É velhice. O calor do teu corpo recua para o centro do corpo até que um dia teus pés ficam gelados." Ele quase ri, mas em vez disso esfrega o queixo, depois ergue o braço, como se para bater em algo à sua frente, e depois o clique, a lâmpada apaga, a sala agora varrida por uma imobilidade violeta. Das sombras, a voz dele: "Estou feliz que você esteja aqui, Cachorrinho."

"Por que eles dizem negro?", você perguntou semanas antes, em Hartford, apontando para Tiger Woods na tela da TV. Você semicerrou os olhos vendo a bola branca sobre o *tee*. "A mãe dele é taiwanesa. Vi a cara dela, mas eles sempre dizem negro. Eles não deviam dizer pelo menos metade amarelo?" Você fechou o pacote de Doritos, enfiou debaixo do braço. "Como pode?" Você inclinou a cabeça, esperando a minha resposta.

Quando eu disse que não sabia, você arqueou as sobrancelhas. "Como assim?" Você pegou o controle e aumentou o volume. "Ouça com atenção e diga pra gente porque esse sujeito não é taiwanês", você disse, passando a mão pelo cabelo. Teus olhos seguiram Woods enquanto ele andava para lá e para cá na tela, se agachando de vez em quando para calibrar a tacada. Ninguém mencionou, naquele momento, a composição étnica dele, e a resposta que você queria nunca veio. Você esticou uma mecha de cabelos diante do rosto, examinando. "Preciso de mais bobs."

Lan, que estava sentada no chão ao nosso lado, disse, sem tirar os olhos da maçã que estava descascando. "Pra mim esse menino não parece taiwanês. Parece porto-riquenho."

Você me deu uma olhada, se recostou no sofá, e suspirou. "Tudo que é bom é sempre de outro lugar", você disse depois de um tempo, e mudou de canal.

Quando a gente chegou aos Estados Unidos, em 1990, a cor foi uma das primeiras coisas que entendemos e no entanto não entendemos nada. Assim que entramos em nosso apartamento de um quarto na vizinhança predominantemente ocupada por latinxs na avenida Franklin naquele inverno, as regras relativas à cor, e com isso nossos rostos, mudaram. A Lan, que no Vietnã era considerada escura, agora era mais clara. E você, Mãe – tão bonita que "passaria" por branca, como na vez que nós fomos à loja de departamentos da Sears e a funcionária loura, se inclinando para passar a mão no meu cabelo, te perguntou se eu era "teu ou adotado". Só quando você gaguejou, o teu inglês mutilado, extinto, cabeça baixa, ela percebeu o erro. Mesmo quando você tinha a aparência, a língua te entregava.

Você não tem como "passar" por branco nos Estados Unidos, aparentemente, sem falar inglês.

"Não, senhora", eu disse para a mulher com meu Inglês para Estrangeiros. "Esta é a minha mãe. Eu saí da bunda dela e eu amo muito ela. Eu tenho sete anos. Ano que vem vou fazer oito. Eu estou bem, e você? Feliz Natal Bom Ano-Novo." O dilúvio foi exatamente oitenta por cento do que eu sabia falar em inglês na época e eu tremi de puro prazer enquanto as palavras fluíam.

Você achava, como muitas mães vietnamitas, que falar dos genitais femininos, especialmente entre mães e filhos, é considerado tabu – por isso quando falava sobre nascimento, você sempre mencionava que eu tinha saído do teu ânus. Você dava um tapinha de brincadeira na minha cabeça e dizia: "Essa cabeça imensa quase rasgou meu cu."

Assustada, com o permanente latejando, a funcionária deu as costas e saiu batendo os saltos. Você olhou para mim. "Que merda você falou?"

Em 1966, entre suas duas passagens pelo Vietnã, Earl Dennison Woods, tenente-coronel do exército americano, estava estacionado na Tailândia. Lá, ele conheceu Kultida Punsawad, uma nativa da Tailândia e secretária do escritório do Exército dos EUA em Bangkok. Depois de namorarem por um ano, Earl e Kultida se mudaram para o Brooklyn, em Nova York, onde, em 1969, casaram. Earl voltaria ao Vietnã para uma última passagem, entre 1970 e 1971, pouco antes de o envolvimento americano no conflito começar a diminuir. Na época em que Saigon caiu, Earl se aposentou oficialmente do serviço militar para começar sua vida nova e, mais importante, treinar seu filho – nascido apenas seis meses depois de o último helicóptero americano decolar da embaixada americana em Saigon.

O nome de batismo do menino, segundo o perfil na ESPN que li faz um tempo, era Eldrick Tont Woods. O primeiro nome, uma fórmula única juntando E de "Earl" e terminando com K de "Kultida". Os pais, cuja casa no Brooklyn foi vandalizada várias vezes em função do casamento inter-racial, decidiram ficar nas pontas do nome do filho, como pilares. O nome do meio de Eldrick, Tont, é um nome tradicional tailandês dado pela mãe. No entanto, pouco depois do nascimento, o menino ganhou um apelido que logo se tornaria famoso em todo o planeta.

Eldrick "Tiger" Woods, um dos maiores golfistas do mundo é, como você, Mãe, um resultado direto da guerra no Vietnã.

Paul e eu estamos no jardim dele colhendo manjericão fresco para uma receita de pesto que ele prometeu me ensinar. Evitamos com sucesso falar sobre o passado, tendo roçado nele mais cedo naquela manhã. Falamos, ao invés disso, de ovos caipiras. Ele faz uma pausa na colheita, puxa o boné para cima da sobrancelha e dá uma aula, com uma intensidade de aço, sobre como os antibióticos causam infecções em galinhas criadas em granjas comerciais, sobre como as abelhas estão morrendo e como, sem elas, o país perderia todo o seu suprimento de comida em menos de três meses, sobre como você deve cozinhar azeite de oliva com fogo baixo porque queimar o óleo soltaria radicais livres que causam câncer.

Desviamos de nós mesmos para andarmos mais rápido.

No jardim ao lado, um vizinho liga o soprador de folhas. As folhas flutuam e pousam na rua com uma série de pequenos estalos.

Quando Paul se curva para arrancar umas ervas daninhas, a foto cai do bolso, pousando com a imagem para cima, na grama. A polaroide em preto e branca pouco maior do que uma caixa de fósforos mostra um grupo de jovens com os rostos besuntados de riso. Apesar da rapidez de Paul – enfiando a foto no bolso assim que ela pousa no chão – percebo os dois rostos que conheço bem: Paul e Lan, os braços de um em torno do outro, olhos ardentes com uma exuberância tão rara que parece falsa.

Na cozinha, Paul me serve uma tigela de sucrilhos com água – bem do jeito que eu gosto. Ele desaba na mesa, tira o boné, e pega um dos baseados já enrolados postos um ao lado do outro, como finos sachês de açúcar, em uma xícara de porcelana. Há três anos, Paul foi diagnosticado com câncer, algo que ele acreditava se dever a seu contato com o Agente Laranja durante sua passagem pelo Vietnã. O tumor ficava na nuca, bem acima da medula espinhal. Por sorte, os médicos descobriram o tumor antes que ele invadisse o cérebro. Depois de um ano de quimioterapia sem sucesso, eles decidiram operar. O processo todo, do diagnóstico à remissão, levou quase dois anos.

Recostando na cadeira agora, Paul protege uma chama com a palma da mão e a passa pela extensão do baseado. Ele suga, a ponta ficando mais intensa enquanto olho. Ele fuma do jeito que alguém fuma depois de um funeral. Na parede da cozinha atrás dele há desenhos que fiz a lápis de cor dos generais da Guerra de Secessão para um trabalho da escola. Você tinha mandado os desenhos para o Paul meses antes. A fumaça atravessa o retrato com cores primárias de Stonewall Jackson, depois some.

Antes de me trazer para a casa do Paul, você me sentou na sua cama em Hartford, deu uma longa tragada em seu cigarro e simplesmente disse.

"Escuta. Não, olhe pra mim, estou falando sério. Escuta." Você colocou as duas mãos nos meus ombros, a fumaça se adensando à nossa volta. "Ele não é teu avô, tá bem?"

As palavras entraram em mim como se por uma veia. "O que significa que ele também não é meu pai. Entendeu? Olhe pra mim." Quando você tem nove anos, você sabe quando calar a boca, e foi o que eu fiz, pensando que você estava só chateada, que toda filha deve dizer isso, em algum momento, sobre seu pai. Mas você continuou, a voz calma e tranquila, como pedras sendo assentadas, uma sobre a outra, em um longo muro. Você disse que quando a Lan conheceu o Paul naquela noite num bar em Saigon, ela já estava grávida de quatro meses. O pai, o verdadeiro, era um outro americano qualquer – sem rosto, sem nome, sem nada. Exceto por você. Tudo que resta dele é você, sou eu. "O teu avô não é ninguém." Você se recostou, o cigarro de volta aos lábios.

Até ali eu achava que tinha, pelo menos, um laço com este país, um avô, com um rosto, uma identidade, um homem que sabia ler e escrever, que me ligava no meu aniversário, de quem eu era parte, cujo nome americano corria no meu sangue. Agora esse cordão tinha sido cortado. Teu rosto e teu cabelo estavam uma bagunça, você levantou para apagar o Marlboro na pia. "Tudo que é bom é de outro lugar, meu amor. Estou te dizendo. Tudo."

Inclinado sobre a mesa agora, a foto em segurança dentro do bolso da camisa, Paul começa a me contar o que eu já sei. "Ei", ele diz, olhos vidrados da maconha. "Eu não sou quem eu sou. Quero dizer..." Ele bate o baseado no copo de água pela metade. Há um sibilo. Meu cereal, intocado, estala na tigela vermelha de argila. "Eu não sou quem a tua mãe diz que eu sou." O olhar dele fica baixo enquanto ele diz isso, seu ritmo entrecortado de pausas estranhas, às vezes deslizando para um quase-sussurro, como um homem limpando seu rifle no nascer do dia e conversando consigo mesmo. E eu o deixei dizer o que passava pela sua cabeça. Não interrompi porque você não interrompe nada quando tem nove anos.

★ ★ ★

Um dia, durante sua última passagem pelo Vietnã, Earl Woods se viu preso num ponto pelo fogo inimigo. A base americana onde ele estava estacionado seria, em breve, tomada por um grande contingente de norte-vietnamitas e vietcongues. A maior parte dos soldados americanos já tinha sido evacuada. Woods não estava sozinho – ao lado dele, agachado em sua caravana de dois jipes, estava o tenente-coronel Vuong Dang Phong. Phong, na descrição de Woods, era um piloto e comandante feroz, com olho implacável para detalhes. Também era um amigo querido. Quando o inimigo se posicionou em torno da base abandonada, Phong se virou para Woods e garantiu que eles iam sobreviver.

Pelas quatro horas seguintes, os dois amigos ficaram sentados em seus jipes, com seus uniformes oliva escurecidos pelo suor. Woods pegou seu lançador de granadas M-79 enquanto Phong ficava na torreta da metralhadora do jipe. Assim, eles sobreviveram àquela noite. Depois, os dois beberam no quarto de Phong, no acampamento base – e riram, conversando sobre beisebol, jazz e filosofia.

Durante todo o tempo que passou no Vietnã, Phong foi o confidente de Woods. Talvez esses laços fortes sejam inevitáveis entre homens que confiam sua vida um ao outro. Talvez tenha sido a mútua alteridade que os aproximou, Woods sendo tanto negro quanto nativo americano, crescendo no segregado sul dos Estados Unidos, e Phong, um inimigo jurado de metade de seus compatriotas em um exército administrado, em seu cerne, por generais brancos americanos. Seja como for, antes de Woods deixar o Vietnã, os dois prometeram se encontrar depois que os helicópteros, bombardeiros e o napalm tivessem ido embora. Nenhum deles sabia que essa seria a última vez que iriam se ver.

Sendo coronel de alta patente, Phong foi capturado pelas autoridades norte-vietnamitas trinta e nove dias depois da tomada de Saigon. Ele foi enviado a um campo de reeducação onde foi torturado, passou fome e prestou trabalhos forçados.

Um ano depois, aos quarenta e sete, Phong morreu na cadeia. Seu túmulo só foi descoberto uma década depois, quando seus filhos exumaram os ossos para sepultá-lo novamente em sua província natal – a lápide final com a inscrição *Vuong Dang Phong*.

Mas para Earl Woods, seu amigo era conhecido como nada menos do que "Tiger Phong" – ou simplesmente Tiger, um apelido dado por Woods pela sua ferocidade na batalha.

Em 30 de dezembro de 1975, um ano antes da morte de Tiger Phong e do outro lado do mundo em relação à cela de Phong na cadeia, Earl estava em Cypress, na Califórnia, embalando um menino recém-nascido em seus braços. O menino já tinha o nome de Eldrick mas, olhando nos olhos do bebê, Earl soube que o garoto teria que ser chamado por um nome que fosse uma homenagem a seu melhor amigo, Tiger. "Algum dia, meu velho amigo ia ver o garoto na TV... e dizer 'Esse deve ser o filho do Woods', e a gente ia se achar de novo", Earl disse mais tarde em uma entrevista.

Tiger Phong morreu de insuficiência cardíaca, provavelmente causada por problemas nutricionais e exaustão no campo. Mas por um breve período de oito meses em 1975 e 1976, os dois Tigers mais importantes na vida de Earl Woods estiveram vivos ao mesmo tempo, compartilhando o mesmo planeta, um deles no frágil fim de uma história brutal, o outro apenas começando um legado próprio. O nome "Tiger", mas também o próprio Earl, se tornaram pontes.

Quando Earl finalmente soube da morte de Tiger Phong, Tiger Woods já tinha vencido seu primeiro Masters. "Rapaz, como isso dói", Earl disse. "Eu tive aquela velha sensação no meu estômago, aquela sensação de combate."

Lembro a primeira vez que você foi a um culto. O pai do Junior era um dominicano de pele clara, a mãe dele uma cubana negra, e eles frequentavam a Igreja Batista na avenida Prospect, onde ninguém perguntava sobre o jeito como eles pronunciavam o *r* ou de onde eles *realmente* tinham vindo. Eu já tinha ido à igreja com os Ramirez um punhado de vezes, quando eu pousava na casa deles no sábado e acordava indo ao culto com as roupas de domingo emprestadas do Junior.

Naquele dia, depois de ser convidada pela Dionne, você decidiu ir – por educação, mas também porque a igreja distribuía comida perto da data de vencimento doada por supermercados locais. Você e eu éramos os únicos rostos amarelos na igreja. Mas quando a Dionne e o Miguel apresentaram a gente para os amigos, fomos recebidos com sorrisos calorosos. "Bem-vindos à casa do meu pai", as pessoas diziam repetidas vezes. E eu me lembro de pensar como toda aquela gente podia ser aparentada, como podiam ter todos o mesmo pai.

Eu estava apaixonado pela verve, pelo torque e pelo tom da voz do pastor, o sermão dele sobre a Arca de Noé com inflexões de hesitação, perguntas retóricas amplificadas por longos silêncios que intensificavam o efeito da história. Eu adorava o modo como as mãos do pastor se moviam, fluíam, como se as frases precisassem ser sacudidas para sair dele e chegarem até nós. Para mim, era um novo tipo de personificação, semelhante à mágica, algo que eu só tinha vislumbrado parcialmente na contação de histórias da Lan.

Mas naquele dia, foi a *música* que me ofereceu um novo ângulo para ver o mundo, o que significa dizer, para ver você. Depois que o piano e o órgão troaram nos primeiros densos acordes de "Os olhos d'Ele estão no pardal", todo mundo na congregação se levantou, lentamente, deixando braços voarem sobre suas cabeças, alguns girando em círculos. Centenas de botas e saltos bateram no piso de madeira. Nas rotações borradas, casacos e cachecóis rodopiando, senti algo beliscar meu pulso. Tuas unhas estavam brancas quando se enterraram na minha pele. Teu rosto – olhos fechados – levantado para o teto, você estava dizendo algo para o afresco de anjos sobre nós.

De início eu não conseguia ouvir em meio ao som das palmas e gritos. Era tudo um caleidoscópio de cores e movimentos enquanto as gordas notas do órgão e do trompete da banda explodiam por entre os bancos. Tentei libertar minha mão da tua. Quando me aproximei, escutei as palavras que você dizia por baixo da música – você estava falando com o teu pai. Teu pai verdadeiro. O rosto molhado de lágrimas, você quase gritava. "Onde você está, Ba?", você perguntava em vietnamita, mudando de um pé para o outro. "Onde é que você está? Vem me pegar! Me tira daqui! Volta e vem me pegar!" Talvez tenha sido a primeira vez que alguém falou vietnamita naquela igreja. Mas ninguém encarou você com olhares de indagação. Ninguém olhou espantado para a mulher branca-e-amarela falando sua própria língua. Ao longo dos bancos outras pessoas também gritavam, com empolgação, alegria, raiva ou exasperação. Foi ali, dentro da música, que você teve permissão para se soltar e não estar errada.

Olhei para o Jesus de gesso do tamanho de um bebê pendurado ao lado do púlpito. A pele dele parecia latejar com os pés batendo no chão. Ele olhava seus pés petrificados com uma expressão de perplexidade cansada, como se acabasse de acordar e se visse pregado rubra e eternamente a este mundo. Estudei a imagem por tanto tempo que quando olhei para teus tênis meio que esperei ver uma poça de sangue sob teus pés.

Dias mais tarde, ouvi "Os olhos d'Ele estão no pardal" tocando na cozinha. Você estava na mesa, praticando técnicas de manicure em mãos de borracha de manequins. A Dionne tinha te dado uma fita com canções gospel, e você murmurava junto enquanto trabalhava, enquanto as mãos sem corpo, dedos lustrosos com cores de guloseimas, brotavam do balcão da cozinha, palmas abertas, como as da igreja. Mas ao contrário das mãos escuras na congregação dos Ramirez, as da tua cozinha eram rosa e bege, os únicos tons em que elas vinham.

1964: Ao começar sua campanha de bombardeios em massa no Vietnã do Norte, o general Curtis LeMay, na época chefe do Estado Maior da Aeronáutica dos EUA, disse que planejava bombardear os vietnamitas "de volta à Idade da Pedra". Destruir um povo é fazê-los voltar no tempo. As forças armadas americanas acabaram lançando mais de dez mil toneladas de bombas em um país que não é maior do que a Califórnia – mais do que o número de bombas usadas em toda a Segunda Guerra Mundial.

1997: Tiger Woods vence o Masters Tournament, seu primeiro grande campeonato no golfe profissional.

1998: O Vietnã abre seu primeiro campo de golfe profissional, projetado em um arrozal bombardeado em outros tempos pela Aeronáutica americana. Um dos buracos foi construído numa antiga cratera de bomba que foi aterrada.

Paul termina sua parte da história. E eu quero dizer a ele. Quero dizer que a filha dele que não é filha dele era uma criança meio-branca em Go Cong, o que significava que as crianças a chamavam de menina-fantasma, chamavam Lan de traidora e de puta por dormir com o inimigo. Dizer como eles cortaram o cabelo castanho-avermelhado dela enquanto ela ia de casa para o mercado, braços cheios de cestas de bananas e abobrinhas, e que quando ela chegou em casa só restavam uns poucos cachos acima da testa. Que quando ela já não tinha mais cabelo, eles jogavam merda de búfalo na cara e nos ombros dela para que ela ficasse *marrom de novo*, como se nascer de uma cor mais clara fosse um defeito que pudesse ser corrigido. Talvez fosse por isso, agora eu percebo, que para você importava o modo como chamavam Tiger Woods na TV, que você precisava que a cor fosse um fato fixo e inviolável.

"Talvez você não devesse mais me chamar de Vô." As bochechas de Paul comprimindo-se quando ele suga o segundo baseado, dando a última tragada. Ele parece um peixe. "Essa palavra, talvez seja um pouco esquisita agora, não?"

Penso por um minuto. O retrato a giz de cera do Ulysses Grant se agita com a brisa que passa pela janela que vai escurecendo.

"Não", digo depois de um tempo, "eu não tenho mais nenhum avô. Então quero continuar chamando você assim."

Ele faz que sim com a cabeça, resignado, a testa pálida e os cabelos brancos tingidos pela luz da noite. "Claro. Claro", ele diz enquanto a bituca do baseado cai no copo com um chiado, deixa um fio de fumaça que rodopia, como uma veia fantasmagórica, subindo pelos braços dele. Olho para a massa marrom na minha frente, agora empapada.

Tem tanta coisa que eu quero te contar, Mãe. Eu cheguei a ser tolo o bastante para achar que o conhecimento seria esclarecedor, mas tem coisas que são tão nebulosas por trás de camadas de sintaxe e semântica, por trás de dias e horas, nomes esquecidos, recuperados e perdidos, que simplesmente saber que a ferida existe não faz nada para revelá-la.

Não sei o que estou dizendo. Acho que o que eu quero dizer é que às vezes eu não sei o que ou quem nós somos. Há dias em que eu me sinto como um ser humano, enquanto em outros eu me sinto mais como um som. Toco no mundo não como eu mesmo, mas como um eco do que fui. Você ainda consegue me ouvir? Você consegue me ler?

Quando comecei a escrever, eu me odiei por ser tão cheio de incertezas, sobre imagens, cláusulas, ideias, até sobre a caneta ou o diário que eu usava. Tudo que eu escrevia começava com *talvez* e *quem sabe* e terminava com *eu acho* ou *eu acredito*. Mas a minha dúvida está em toda parte, Mãe. Mesmo quando sei que alguma coisa é certa como um osso, temo que o conhecimento vá se dissolver, que não vá, apesar da minha escrita, permanecer real. Estou nos separando de novo para poder nos levar para outro lugar – para onde, exatamente, não tenho certeza. Assim como não sei do que te chamar – branca, asiática, órfã, americana, mãe?

Às vezes só temos duas opções. Pesquisando, li um texto de 1884 do *Daily Times*, de El Paso, que informava que um ferroviário branco estava sendo julgado pelo assassinato de um chinês. O caso foi simplesmente recusado. O juiz, Roy Bean, mencionou que a lei do Texas, embora proibisse o assassinato de seres humanos, definia humanos apenas como brancos, africanos, americanos ou mexicanos. O anônimo corpo amarelo não foi considerado humano por não se ajustar em uma caixinha num pedaço de papel. Às vezes você é apagado antes que te deem a chance de você dizer quem é.

Ser ou não ser. Eis a questão.

Quando você era menina no Vietnã, as crianças da vizinhança te atacavam com uma colher, gritando "Tirem o branco dela, tirem o branco dela!" Você acabou aprendendo a nadar. Entrando num trecho fundo do rio barrento, onde ninguém conseguia te alcançar, ninguém conseguia te apagar. Você fazia de si mesma uma ilha durante horas a cada vez. Ao voltar para casa, teu queixo batia de frio, os braços enrugados e cheios de bolhas – mas ainda brancos.

Quando pediram que ele identificasse suas raízes, Tiger Woods chamou a si mesmo de "Cablinasian", uma palavra que ele inventou para conter sua composição étnica chinesa, tailandesa, negra, holandesa e americana nativa.

Ser ou não ser. Eis a questão. Uma questão, sim, mas não uma escolha.

"Eu me lembro uma vez, quando visitamos todos vocês em Hartford, deve ter sido um ou dois anos depois de você chegar do Vietnã..." Paul apoia o queixo na palma da mão e olha pela janela, onde um beija-flor paira perto do pote de comida. "Entrei no apartamento e vi você chorando debaixo da mesa. Não tinha ninguém em casa – ou pode ser que a tua mãe estivesse, mas ela devia estar no banheiro ou alguma coisa assim." Ele para, esperando a memória vir completa. "Eu me abaixei e perguntei qual era o problema, e sabe o que você disse?" Ele sorri. "Você disse que as outras crianças viviam mais do que você. Superengraçado." Ele sacode a cabeça. "Que coisa pra se dizer! Nunca vou esquecer." A luz bateu no molar dele que tinha uma jaqueta de ouro. "'Eles vivem mais, eles vivem mais!', você gritava. Quem foi que te deu uma ideia dessa? Você só tinha cinco anos, deus do céu."

Lá fora, o zumbido do beija-flor quase parece uma respiração humana. Ele bica a água açucarada na base do pote. Que vida horrível, eu penso agora, ter de se mover tão rápido só para ficar em um lugar.

Depois, saímos para passear, o beagle malhado do Paul tilintando entre nós. O sol acaba de se pôr e o ar está denso de erva-doce e lilases tardios formando uma espuma branca e magenta ao longo dos gramados bem cuidados. Desviamos perto da última curva quando uma mulher de aparência comum, meia-idade, rabo de cavalo louro, se aproxima. Ela diz, olhando apenas para o Paul: "Estou vendo que você finalmente arranjou um menino para passear com o cachorro. Que bom pra você, Paul!"

Paul para, empurra os óculos nariz acima só para que deslizem de novo. Ela vira para mim, articula: "Bem. Vindo. À. Vizi. Nhan. Ça." A cabeça balança a cada sílaba.

Seguro firme a coleira do cachorro e dou um passo para trás, com um sorriso.

"Não", Paul diz, a mão erguida de um jeito esquisito, como se tirando teias de aranha. "Este é o meu neto." Ele deixa a palavra pairar entre nós todos, até que ela pareça sólida, um instrumento, depois a repete, fazendo que sim com a cabeça, se para ele mesmo ou para a mulher, não sei dizer. "Meu neto."

Sem hesitar a mulher dá um sorriso. Largo demais.

"Por favor, lembre disso."

Ela ri, faz um gesto de desdém antes de estender a mão para mim, meu corpo agora legível.

Deixo ela apertar minha mão.

"Bom, eu sou a Carol. Bem-vindo à vizinhança. De verdade." Ela segue adiante.

Vamos para casa. Não falamos. Atrás da fileira de casinhas brancas, há uma coluna de abetos contra um céu avermelhado. As patas do beagle raspam o concreto, a guia tilintando enquanto o animal nos puxa para casa. Mas a única coisa que eu ouço é a voz de Paul na minha cabeça. *Meu neto. Este é o meu neto.*

Sou arrastado para um buraco, mais escuro do que a noite ao seu redor, por duas mulheres. Só quando uma delas grita sei quem sou. Vejo as cabeças delas, os cabelos emaranhados por causa do chão em que elas dormem. O ar tomado por um delírio químico enquanto elas se acotovelam no interior enevoado do carro. Olhos ainda pesados de sono, decifro as formas: um encosto de cabeça, um macaco de feltro do tamanho de um polegar balançando no retrovisor, um pedaço de metal, brilhando, que depois some. O carro sai rápido da entrada da garagem, e sei, pelo cheiro de acetona e esmalte, que aquele é teu Toyota cor de bronze e ferrugem. Você e a Lan estão na frente, gritando por algo que não aparece. As luzes da rua se lançam, atingindo vocês com a força de golpes.

"Ele vai matar ela, Mãe. Dessa vez ele mata", você diz, sem fôlego.

"A gente indo. A gente indo velocidade helicóptero." Lan está dentro de sua própria mente, vermelha e densa de obsessão. "A gente indo aonde?" Ela segura o espelho do quebra-sol com as duas mãos. Sei, pela voz, que ela sorri, ou pelo menos range os dentes.

"Ele vai matar minha irmã, Mãe." Você soa como se estivesse descendo um rio. "Eu conheço o Carl. Dessa vez é pra valer. Você está me ouvindo? Mãe!"

A Lan balança de um lado para o outro do espelho, fazendo sons de aceleração. "Estamos saindo daqui, hein? Precisamos ir longe, Cachorrinho!" Lá fora, a noite cresce como uma gravidade lateral.

Os números verdes no painel indicam 3h04. Quem pôs as minhas mãos no meu rosto? Os pneus cantam a cada curva. As ruas estão vazias e a sensação é de um universo aqui, um *tudo* se lançando pela escuridão cósmica enquanto, nos bancos dianteiros, as mulheres que me criaram enlouquecem. Por entre meus dedos a noite é cartolina preta. Só as cabeças desgastadas dessas duas à minha frente são nítidas, balançando.

"Não se preocupe, Mai." Agora você fala sozinha. Teu rosto está tão perto do para-brisa que o vidro embaça num círculo que se espraia na mesma medida que tuas palavras. "Estou indo. A gente está indo."

Depois de um tempo fazemos uma curva numa rua ladeada por carros modelo Continental. O carro rasteja, depois para em frente a uma casa de madeira cinza. "Mai", você diz, puxando o freio de mão. "Ele vai matar a Mai."

A Lan, que esse tempo todo esteve chacoalhando a cabeça de um lado para o outro, estaca, como se as palavras finalmente tivessem tocado num botão dentro dela. "Quê? Quem mata quem? Quem morre agora?"

"Vocês dois ficam no carro!" Você tira o cinto de segurança, pula para fora do carro, e anda na direção da casa, a porta do carro aberta atrás de você.

Tem uma história que a Lan contava, sobre a sra. Triệu, a mítica guerreira que liderou um exército de homens e repeliu a invasão chinesa no antigo Vietnã. Penso nela, vendo você. Penso como ela, segundo a lenda, armada com duas espadas, jogava seus seios de um metro cada sobre os ombros e cortava os invasores às dúzias. Penso que foi uma mulher que nos salvou.

"Quem morre agora?" Lan se vira, o rosto, feito rígido pela luz sobre nossas cabeças, se agita com essa nova informação. "Quem vai morrer, Cachorrinho?" Ela sacode a mão para frente e para trás, como se estivesse abrindo uma porta trancada, para indicar vazio. "Alguém te mata? Por quê?"

Mas eu não estou escutando. Estou baixando o vidro, braços ardendo a cada giro da manivela. Ar frio de novembro desliza para dentro do carro. Meu estômago trava ao te ver subindo os degraus da entrada, o facão de vinte centímetros cintilando na tua mão. Você bate na porta, berrando. "Vem pra fora, Carl", você diz em vietnamita. "Vem pra fora, seu filho da puta! Vou levar ela pra casa de uma vez por todas. Você pode ficar com o carro, só me entrega a minha irmã." Na palavra *irmã* a tua voz desaba em um breve choro contido, antes de recuperar o controle. Você esmurra a porta com o cabo de madeira do facão.

A luz da varanda acende, tua camisola cor-de-rosa repentinamente verde sob a lâmpada fluorescente. A porta abre.

Você recua.

Um homem aparece. Ele meio que se lança da porta enquanto você desce de volta os degraus. A faca parada do lado do teu corpo, como se presa no lugar.

"Ele está armado", Lan sussurra-grita do carro, agora lúcida. "Rose! É uma espingarda. Atira dois comedores por vez. Eles comem teu pulmão de dentro pra fora. Cachorrinho, diz pra ela."

Tuas mãos flutuam acima da cabeça, o metal retine na entrada da garagem. O homem, enorme, ombros caídos sob um moletom cinza dos Yankees, vai na tua direção, diz umas poucas palavras entredentes, depois chuta o facão para o lado. Ele desaparece instantaneamente na grama. Você murmura algo, se faz pequena, põe as mãos debaixo do queixo, tua postura depois de receber uma gorjeta no salão. O homem abaixa a arma enquanto você se afasta, tremendo, na direção do carro.

"Não vale a pena, Rose", a Lan diz, as duas mãos em volta da boca. "Não tem como ganhar de uma arma. Não tem como. Volte, vem pro helicóptero."

"Mãe", me pego dizendo, minha voz tremida. "Mãe, vem."

Você se aproxima lentamente do banco do motorista, vira para mim com um olhar nauseado. Há um longo silêncio. Penso que você está prestes a rir, mas aí teus olhos se enchem. Então eu me viro para o sujeito cuidadosamente nos olhando, mão nos quadris, a arma presa na axila, apontada para o chão, protegendo sua família.

Quando você começa a falar, tua voz é arranhada. Só entendo trechos. Não é a casa da Mai, você explica, mexendo nas chaves. Ou melhor, a Mai não está mais ali. O namorado, Carl, que batia a cabeça dela na parede, não está mais ali. Esse homem é alguma outra pessoa, um homem branco com uma espingarda e careca. Foi um erro, você está dizendo para a Lan. Um acidente.

"Mas a Mai não mora aqui faz cinco anos", a Lan diz com súbita ternura. "Rose..." Embora eu não veja, sei que ela está passando a mão nos teus cabelos em volta da orelha. "A Mai se mudou para a Flórida, lembra? Para abrir o próprio salão." A Lan está equilibrada, ombros relaxados, alguma outra pessoa entrou nela e começou a mover seus membros, seus lábios. "A gente vai pra casa. Você precisa dormir, Rose."

O motor liga, o carro faz meia-volta. Enquanto nos afastamos, da varanda, um menino, da minha idade no máximo, aponta uma pistola de brinquedo para nós. A arma salta e ele faz barulhos de estampido. O pai vira para gritar com ele. Ele atira uma, mais duas vezes. Da janela do meu helicóptero, olho para ele. Olho bem nos olhos dele e faço o mesmo que você. Eu me recuso a morrer.

II

A memória é uma escolha. Você me disse isso uma vez, de costas para mim, do jeito que um deus falaria. Mas se você fosse um deus iria vê-los. Você ia olhar para esse bosque de pinheiros, as extremidades brilhando ardentes no topo de cada árvore, suavemente macias em seu vermelho outonal. Teu olhar atravessaria os galhos, a luz estilhaçada pelos espinhos, as folhas caindo, enquanto você pousava seus olhos de deus sobre elas. Você acompanharia as folhas que se lançaram do alto ao passar pelos galhos mais baixos, rumo ao solo fresco da floresta, pousando sobre os dois meninos deitados lado a lado, o sangue já seco em seus rostos. Embora cubra o rosto dos dois, o sangue pertence ao menino alto, aquele que tem os olhos do cinza-escuro de um rio sob a sombra de alguém. O que resta de novembro escoa pelas calças jeans deles, pelas blusas de fio. Se você fosse um deus, você perceberia que eles estão olhando para você. Batem palmas e cantam "This Little Light of Mine", a versão de Ralph Stanley que eles ouviram naquela tarde no aparelho de som do menino alto. Era a música favorita do pai dele, o menino alto disse. E então agora eles balançam lado a lado enquanto seus dentes brilham entre as notas, e o sangue coagulado cai das mandíbulas, manchando os pescoços pálidos deles à medida que a canção os deixa em punhados de fumaça. *"This little light of mine, I'm gonna let it shine. This little light of mine, I'm gonna let it shine... All in my house, I'm gonna* *let it shine.*"* As folhas dos pinheiros giram e crepitam em torno deles no minúsculo vento produzido pelos movimentos de seus membros.

A cantoria fez o corte sob o olho do menino alto abrir de novo, e uma linha de um vermelho-negro escorre agora pela sua orelha esquerda, fazendo uma curva no pescoço e sumindo no solo. O menino pequeno olha para o amigo, o olho terrível, feito um bulbo, e tenta esquecer.

Se você fosse deus você diria para eles pararem de bater palmas. Diria que a coisa mais útil que se pode fazer com mãos vazias é se segurar. Mas você não é um deus.

Você é uma mulher. Uma mãe, e teu filho está deitado sob os pinheiros enquanto você se senta em uma mesa de cozinha do outro lado da cidade, mais uma vez esperando. Você acaba de esquentar, pela terceira vez, uma frigideira de macarrão com cebolinha. Tua respiração embaça o vidro enquanto você olha pela janela, esperando que a blusa laranja dos New York Knicks do menino passe voando, já que sendo tão tarde ele deve estar correndo.

Mas teu filho ainda está sob as árvores ao lado do menino que você jamais vai conhecer. Eles estão a metros do viaduto fechado, onde uma sacola plástica se agita contra a corrente de ferro cercada por centenas de garrafinhas individuais de bebida alcoólica. Os meninos começam a tremer, as palmas ficam mais lentas, quase inaudíveis. As vozes subjugadas com o vento passando em imensos enxames sobre eles – as folhas estalando como se fossem ponteiros de relógios esmagados.

Às vezes, tarde da noite, teu filho acorda pensando que tem uma bala alojada dentro dele. Ele sente o projétil flutuando no lado direito do peito, bem entre as costelas. *A bala sempre esteve aqui*, o menino pensa, mais velha até do que ele próprio – e seus ossos, tendões e veias meramente se envolveram sobre o estilhaço metálico, fechando-o dentro dele. *Não fui eu*, o menino pensa, *que fiquei dentro do ventre da minha*

---

* Essa minha pequena luz, vou deixar que ela brilhe. Essa minha pequena luz, vou deixar que ela brilhe... Todos na minha casa, vou deixar que ela brilhe. (N. do T.)

mãe, foi essa bala, essa semente em volta da qual eu floresci. Mesmo agora, com o frio rastejando à volta dele, ele sente a bala cutucando no peito, fazendo uma pequena tenda na blusa. Ele sente a protuberância mas, como de costume, não encontra nada. *Ela recuou*, ele pensa. *Ela quer ficar dentro de mim. Ela não é nada sem mim.* Porque uma bala sem um corpo é como uma canção sem ouvidos.

Do outro lado da cidade, de frente para o vidro, você cogita esquentar o macarrão outra vez. Você passa pela palma da tua mão pedaços do guardanapo de papel que havia rasgado, depois levanta para jogar aquilo fora. Você volta para a cadeira, espera. Aquela janela, a mesma onde teu filho uma noite parou antes de entrar, o quadrado de luz caindo sobre ele enquanto ele olhava teu rosto, à espreita dele. A noite transformara o vidro em espelho e você não conseguia vê-lo ali, apenas as linhas marcando tuas bochechas e a testa, um rosto de algum modo devastado pela imobilidade. O menino, ele olha a mãe olhar o nada, todo ele dentro do fantasma oval do rosto dela, invisível.

A canção há muito encerrada, o frio um invólucro dormente sobre os nervos deles. Sob as roupas, arrepios aparecem, fazendo seus pelos finos, translúcidos se erguerem, depois se curvarem contra o tecido sob suas camisetas.

"Ei, Trev", teu filho diz, o sangue do amigo numa crosta sobre o rosto. "Me conta um segredo." Vento, folhas de pinheiro, segundos.

"De que tipo?"

"Tipo... um segredo normal. Que não seja chato."

"Um segredo normal." O silêncio do pensamento, respirações uniformes. As estrelas sobre eles uma vasta mancha de um quadro-negro apagado às pressas. "Pode dizer você primeiro?"

Na mesa do outro lado da cidade, teus dedos param de batucar na fórmica.

"Tá bom. Você tá pronto?"

"Sim."

Você afasta a cadeira, pega as chaves e sai de casa.

"Eu já não tenho medo de morrer."

(Uma pausa, depois risos.)

O frio, como água de rio, sobe até os pescoços deles.

Mãe. Uma vez você me disse que a memória é uma escolha. Mas se você fosse deus, saberia que é um fluxo.

Sendo teu filho, tudo o que eu sei sobre trabalho, sei na mesma medida sobre perda. E o que eu sei sobre os dois, sei também sobre tuas mãos. Os contornos outrora flexíveis que eu jamais senti, as palmas das mãos calejadas muito antes de eu nascer, depois arruinadas ainda mais por três décadas em fábricas e salões de manicure. Tuas mãos são hediondas – e eu odeio todas as coisas que contribuíram para deixá-las assim. Odeio o fato de elas serem os destroços e o resumo de um sonho. O jeito como você chegava em casa, noite após noite, desabava no sofá, e caía no sono em menos de um minuto. Eu voltava com teu copo d'água e você já estava roncando, as mãos no colo como dois peixes parcialmente descamados.

O que eu sei é que o salão de manicure é mais do que um lugar de trabalho e do que uma oficina de beleza, é também um lugar em que filhos são criados – vários deles, como o primo Victor, desenvolvem asma por causa dos anos respirando os vapores tóxicos com seus pulmões ainda em desenvolvimento. O salão é também uma cozinha em que, nos quartos dos fundos, as mulheres se acocoram no chão sobre panelas wok que estalam e chiam sobre grelhas elétricas, caldeirões de phở enchem de vapor os lugares abarrotados com aromas de cravo, canela, gengibre, menta e cardamomo misturados com formaldeído, tolueno, acetona, Pinho Sol e alvejante. Um lugar onde folclore, rumores, mentiras e piadas do país de origem são contados, aumentados, gargalhadas irrompendo nos quartos dos fundos do tamanho do closet de pessoas ricas, depois rapidamente sossegando num silêncio estranho e intocado. É uma sala de aula improvisada aonde chegamos, acabando de desembarcar, de pousar, de sair das profundezas, esperando que o salão seja uma parada temporária – até que a gente se ponha de pé, ou melhor, até que as mandíbulas se ponham mais suaves em torno das sílabas do novo idioma – debruçados sobre livros de exercícios em mesas de manicure, terminando a lição de casa para a aula noturna de inglês como segunda língua que custa um quarto dos nossos salários. *Não vou ficar muito aqui*, podemos dizer. *Logo consigo um emprego de verdade*. Mas o mais comum é que depois de meses, às vezes depois de semanas, a gente acabe voltando para o salão, cabeça baixa, o equipamento de manicure em sacolas de papel enfiadas debaixo dos braços, e peça o emprego de volta. E muitas vezes o patrão, por pena ou compreensão ou os dois, simplesmente aponta para uma mesa vazia – porque sempre tem uma mesa vazia. Porque ninguém fica o suficiente e sempre tem alguém que acabou de ir embora. Porque não há salários, plano de saúde nem contrato, e o corpo é o único material de trabalho e a única origem do trabalho. Sem ter nada, ele se transforma em seu próprio contrato, um testemunho de presença. Fazemos isso por décadas – até nossos pulmões não conseguirem mais respirar sem inchar, nossos fígados endurecidos pelos produtos químicos – nossas juntas frágeis e inflamadas de artrite – tudo formando um tipo de vida. Um novo imigrante, em dois anos, descobre que o salão é, no fim das contas, um lugar onde os sonhos se tornam o conhecimento calcificado do que significa estar acordado em ossos americanos – com ou sem cidadania – doloroso, tóxico e mal pago.

 Odeio e amo as tuas mãos arruinadas por aquilo que elas jamais poderão ser.

 É domingo. Tenho dez anos. Você abre a porta do salão e a acetona das manicures de ontem aferroa meu nariz. Mas nossos narizes logo se adaptam, como sempre. O salão não é teu, mas é tua obrigação tocar o negócio aos domingos – o dia mais fraco da semana. Lá dentro, você acende as luzes, põe na tomada as cadeiras automatizadas de pedicure, a água gorgolejando nos canos sob os assentos enquanto vou para a sala de descanso fazer café instantâneo.

Você diz meu nome sem nem levantar os olhos e sei que é para ir até a porta, destrancar, virar a placa de *Aberto* para a rua.

É aí que eu vejo a mulher. Uns setenta anos, cabelos brancos e vento batendo num rosto estreito com olhos azuis exauridos, ela tem o olhar de alguém que passou do lugar aonde precisava ir mas continuou andando mesmo assim. Ela olha para dentro do salão, agarrando uma bolsa de couro de jacaré cor de vinho com as duas mãos. Abro a porta e ela entra, mancando um pouco. O vento tirou do pescoço a echarpe oliva, agora pendurada num ombro, arrastando no chão. Você se levanta, sorri. "Como ajudo?", você pergunta.

"Pedicure, por favor." A voz é esguia, como se cortada por estática. Ajudo a mulher a tirar o casaco, que penduro no cabide, e a levo até a cadeira de pedicure, enquanto você liga os jatos de ar na banheira de pés, enche a água borbulhante com sais e solventes. O cheiro de lavanda sintética enche a sala. Seguro o braço dela e a ajudo a sentar. Ela cheira a suor seco misturado com a doçura forte de perfume barato. O pulso dela lateja na minha mão enquanto ela afunda no assento. A impressão de fragilidade é ainda maior do que quando você só olha para ela. Depois de relaxar e recostar na cadeira de couro, ela se vira para mim. Não consigo ouvir a voz por cima dos jatos mas sei pelo movimento dos lábios que ela diz "Obrigada".

Quando acabam os jatos de ar, a água esquenta, um verde esmeralda marmorizado com espuma branca, você pede que ela mergulhe os pés na banheira.

Ela não se mexe. Olhos fechados.

"Senhora", você diz. O salão, normalmente alvoroçado de gente ou música ou com a TV com a Oprah ou com o jornal, agora está em silêncio. Só as luzes zumbem sobre nós. Depois de um instante, ela abre os olhos, o azul com um anel rosado e úmido, e se reclina para mexer na perna direita da calça. Dou um passo para trás. Teu banco range enquanto você se ajeita, teus olhos fixos nos dedos dela. As veias pálidas das mãos dela tremem enquanto ela enrola a perna da calça. A pele é brilhante, como se mergulhada numa estufa. Ela põe a mão mais para baixo, agarra o tornozelo e, com um movimento, tira toda a parte de baixo da perna até o joelho.

Uma prótese.

Na metade da tíbia, um coto amarronzado sobressai, macio e redondo como a ponta de uma baguete – ou como aquilo que é, uma perna amputada. Olho de relance para você, esperando uma resposta. Sem hesitar, você pega a lixa e começa a raspar o único pé dela, a protuberância enrugada tremendo com o trabalho. A mulher coloca a prótese ao lado dela, o braço descansando protetivamente em torno de sua panturrilha, depois se recosta, soltando o ar. "Obrigada", ela diz de novo, mais alto, para o topo da tua cabeça.

Sento no carpê e espero que você peça a toalha quente, que está na maleta térmica. Durante todo o trabalho, a mulher balança a cabeça de um lado para o outro, olhos semicerrados. Ela geme de alívio quando você massageia a panturrilha.

Quando você termina, se virando para que eu passe a toalha, ela se reclina para frente, o coto pairando sobre a água, seco todo esse tempo.

Ela diz: "Você se importaria?", e tosse no braço. "Essa aqui também. Se não for demais." Ela faz uma pausa, olha pela janela, depois para o colo.

Novamente, você não diz nada – mas se vira, quase imperceptivelmente, para a perna direita dela, faz um carinho calculado em todo o coto, antes de formar um berço com as mãos e levar água morna até a ponta, os finos filetes se entrecruzando na pele encourada. Gotículas d'água. Quando você está terminando de enxaguar o sabão, ela pede a você, gentilmente, quase em súplica, para descer mais. "Se for o mesmo preço", ela diz. "Eu ainda consigo sentir a parte de baixo. É tolo, mas eu sinto. Eu sinto."

Você para – um tremor cruza teu rosto.

Depois, os pés de galinha nos teus olhos só um pouco mais marcados, você envolve com teus dedos o ar onde a panturrilha deveria estar, massageia como se estivesse plenamente ali. Você continua até o pé invisível dela, esfrega a parte de cima com seus ossos antes de segurar o calcanhar com a outra mão, beliscando o tendão de Aquiles, depois alongando os músculos tensos na parte baixa do tornozelo.

Quando você se vira outra vez para mim, corro para pegar uma toalha da mala. Sem uma palavra, você desliza a toalha sob o membro fantasma, dá tapinhas no ar, a memória muscular dos teus braços disparando os movimentos eficazes familiares, revelando o que não está ali, do mesmo modo como os movimentos de um regente tornam a música de algum modo mais real.

Com o pé seco, a mulher recoloca a prótese, desenrola a perna da calça. Pego o casaco dela e a ajudo a vestir. Você começa a andar até a caixa registradora quando ela te para, coloca uma nota de cem dólares dobrada na tua mão.

"Que Deus te proteja", ela diz, olhos baixos, e sai mancando, os sinos sobre a porta batendo duas vezes enquanto ela fecha. Você fica ali parada, olhando para o nada.

O rosto de Ben Franklin escurecendo em tuas mãos ainda molhadas, você põe a nota dentro do sutiã, não na caixa registradora, depois prende de novo o cabelo.

Naquela noite, deitada de barriga para baixo no piso de madeira, teu rosto descansando sobre um travesseiro, você me pediu para esfregar tuas costas. Eu me ajoelhei do teu lado, levantei tua camiseta preta até os ombros, abri o fecho do sutiã. Tendo feito isso centenas de vezes, minhas mãos se moviam por conta própria. Quando as tiras caíram para os lados, você pegou o sutiã, tirou de baixo de você e jogou para o lado. Empapado de suor pelo dia de trabalho, ele pousou no chão com o baque de uma joelheira.

Os produtos químicos do salão de manicure exalavam da tua pele. Peguei vinte e cinco centavos no bolso, mergulhei a moedinha no pote de Vick VapoRub. O perfume brilhante do eucalipto encheu a sala e você começou a relaxar. Mergulhei a moeda, que ficou recoberta da pomada gordurosa, depois passei o dedo cheio de Vick nas tuas costas, descendo pela coluna. Quando a tua pele brilhou, pus a moeda na base da tua nuca e puxei para fora, passando pelas omoplatas. Esfreguei e reesfreguei com passadas firmes, uniformes, do jeito que você me ensinou, até listras vermelhas surgirem sob a tua pele branca, os vergões se aprofundando em grãos violeta espalhados por tuas costas como se fossem novas e escuras costelas liberando os ares ruins do teu corpo. Por meio dessas contusões cuidadosas, você se cura.

Penso em Barthes de novo. *Um escritor é alguém que brinca com o corpo da mãe*, ele diz depois da morte de sua própria mãe, *com o objetivo de glorificá-lo, de torná-lo mais belo.*

Como quero que isso seja verdade.

E no entanto, mesmo aqui, escrevendo para você, o fato físico do teu corpo resiste a meus movimentos. Mesmo nessas frases, coloco minhas mãos em tuas costas e vejo como elas são escuras na comparação com o pano de fundo de brancura imutável da tua pele. Mesmo agora, vejo as dobras da tua cintura e dos teus quadris enquanto massageio os pontos de tensão, os pequenos ossos ao longo da tua coluna, uma série de elipses que nenhum silêncio traduz. Mesmo depois de todos esses anos, o contraste entre nossas peles me surpreende – do modo como uma página em branco me surpreende quando, ao pegar uma caneta, ela começa a se mover por um campo espacial, tentando agir sobre aquela vida sem desfigurá-la. Mas ao escrever, eu desfiguro. Mudo, embelezo e preservo você, tudo ao mesmo tempo.

Você gemia no travesseiro enquanto eu pressionava teus ombros, depois trabalhava nos teimosos nós. "Isso é bom... Isso é tão bom." Depois de um tempo, a tua respiração ficou mais profunda, se nivelou, os braços indolentes, e você estava dormindo.

No verão em que completei catorze anos, arranjei meu primeiro emprego numa fazenda de tabaco perto de Hartford. A maioria das pessoas não se dá conta de que é possível plantar tabaco tão ao norte – mas ponha qualquer coisa perto da água e aquela planta vai verdejar até a altura de um pequeno exército. Mesmo assim, é estranho como algumas coisas acontecem. Cultivado inicialmente pelos agawam, o tabaco de folhas largas foi logo plantado comercialmente pelos colonos brancos assim que eles expulsaram os nativos da terra. E hoje a colheita é feita basicamente por imigrantes ilegais.

Eu sabia que você não ia me deixar ir pedalando os treze quilômetros até a plantação, então eu disse que estava fazendo o jardim de uma igreja no subúrbio. De acordo com o folheto que estavam distribuindo na frente da Associação Cristã de Moços, o trabalho pagava nove dólares por hora, quase dois dólares acima do salário mínimo da época. E como eu era novo demais para ter um emprego legalmente, eles me pagavam por fora, em dinheiro.

Foi no verão de 2003, o que quer dizer que Bush já tinha declarado guerra ao Iraque, citando armas de destruição em massa que jamais se materializaram, que "Where Is the Love?" do Black Eyed Peas tocava em toda emissora de rádio, mas especialmente na PWR 98,6, e dava para ouvir a música em praticamente todos os carros do quarteirão se você dormisse de janela aberta, a batida pontuada pelo som de garrafas de cerveja estourando na quadra de basquete do outro lado da rua, os crackudos jogando as garrafas vazias para o alto, só para ver como as lâmpadas dos postes quebradas fazem as coisas parecerem tocadas por mágica, vidro borrifado como glitter no asfalto da manhã seguinte. Foi o verão em que Tiger Woods recebeu o título de Jogador do Ano da PGA pela quinta vez consecutiva e o verão em que os Marlins chatearam os Yankees (não que eu ligasse ou entendesse), foi dois anos antes do Facebook e quatro antes do primeiro iPhone, Steve Jobs ainda estava vivo, e os teus pesadelos começavam a ficar piores, e eu te encontrava na cozinha em alguma hora horrível, completamente nua, suando, e contando tuas gorjetas para comprar "um bunker secreto", para o caso, segundo você disse, de um ataque terrorista acontecer em Hartford. Foi o ano em que a *Pioneer 10* mandou seu último sinal para a NASA antes de perder contato para sempre, a 12,2 milhões de quilômetros da Terra.

Eu levantava às seis da manhã cinco dias por semana e pedalava por uma hora até chegar à fazenda, cruzando o rio Connecticut, passando pelos subúrbios com gramados desesperadoramente imaculados, depois entrando na zona rural. Ao me aproximar da fazenda, os campos se estendiam à minha volta de ambos os lados, os cabos de telefone rebaixados com o peso dos corvos que pontilhavam as linhas, esporádicas amendoeiras brancas em flor, canais de irrigação onde mais de uma dúzia de coelhos se afogaria até o fim do verão, os cadáveres empestando o ar quente. Faixas verdejantes de tabaco, algumas da altura dos meus ombros, se estendendo por uma distância tão longa que as árvores na divisa da fazenda pareciam arbustos. No meio daquilo tudo havia três celeiros não pintados, todos alinhados numa fila.

Pedalei pelo caminho de terra até o primeiro celeiro e andei ao lado da bicicleta entrando pela porta aberta. Enquanto me adaptava à escuridão fria, vi uma fila de homens sentados ao longo da parede, seus rostos escuros se movendo sobre pratos de papel com ovos moles, falando entre si em espanhol. Um deles, ao me ver, acenou para mim, dizendo alguma coisa que eu não entendi. Quando eu disse que não falava espanhol, ele pareceu surpreso. Depois o rosto dele se iluminou por um instante, compreendendo. "Ah", ele apontou para mim e acenou com a cabeça. "Chinito. ¡Chinito!"

Decidi que sendo meu primeiro dia, não ia corrigir. Fiz sinal de positivo. "Si", eu disse, sorrindo: "Chinito." O nome dele era Manny, ele disse, e fez um gesto na direção de uma grande assadeira com ovos fritos em cima de um aquecedor a gás portátil ao lado de um bule de vidro com café à temperatura ambiente. Sentei no meio deles, comendo em silêncio. Sem contar comigo, havia vinte e dois trabalhadores, a maioria migrantes ilegais do México e da América Central, exceto por um, Nico, que era da República Dominicana. Também tinha o Rick, um branco de vinte e poucos anos de Colchester que, segundo se dizia, estava fichado por crime sexual e só conseguia trabalho fixo no tabaco. A maioria era de trabalhadores temporários que seguiam vários cultivos ao longo do país, esperando seu amadurecimento para a colheita. Nessa fazenda, os homens dormiam em um acampamento que abrangia quatro trailers que ficavam a poucos metros além da linha de árvores na divisa da propriedade, escondidos da estrada.

As vigas do celeiro, onde o tabaco era pendurado para secar, estavam vazias agora. No fim de setembro, cada celeiro abrigaria quase duas toneladas de tabaco, duas vezes. Em meio a mordidas em ovos fritos, examinei a estrutura. Para estimular a secagem mais rápida, um a cada dois painéis de madeira da lateral do celeiro era erguido, criando fendas semelhantes a costelas, permitindo o fluxo de ar, por onde o calor do dia soprava seu bafo quente na minha nuca, levando junto o perfume agridoce do tabaco e do ferro e da terra vermelha. Os homens também cheiravam a campos. Antes de as botas deles pisarem o solo, os corpos, mesmo depois dos banhos matinais, exsudavam o sal e o leve cheiro do dia de trabalho anterior exposto ao sol. Em breve o mesmo cheiro permearia meus próprios poros.

Um Ford Bronco verde-floresta parou na entrada. Os homens se levantaram em uníssono e jogaram seus pratos e copos no latão de lixo. Calçaram as luvas, alguns jogaram água em trapos e os enfiaram debaixo dos bonés.

O sr. Buford entrou. Um sujeito branco, alto e esguio de mais ou menos setenta anos, ele estava com um boné dos Red Sox com a aba baixa sobre óculos escuros e um sorriso de queijo cheddar. Mãos nos quadris, ele me lembrava aquele sargento maníaco de *Nascido para matar*, aquele que tem os miolos estourados por um dos recrutas por ser um babaca. Mas o Buford era animado, até tinha seu charme, ainda que meio forçado. Ele sorriu, com um único dente de ouro reluzindo em meio aos lábios, e disse, "Como é que vai a minha ONU hoje? ¿Bueno?"

Andei até ele e me apresentei. Apertei a mão dele, que era grossa e rachada, o que me surpreendeu. Ele me deu um tapinha no ombro e disse que eu ia me dar bem desde que seguisse o Manny, o chefe da minha equipe.

Os homens e eu subimos na carroceria de três caminhonetes, e fomos para o primeiro campo, onde havia as plantas mais altas, os topos pesados começando a inclinar. Éramos seguidos por dois tratores, nos quais as plantas eram colocadas. Quando chegamos já havia uma equipe de dez homens debruçada sobre as primeiras cinco fileiras de tabaco. Era a equipe de corte. Armados com facões afiados à primeira luz do dia, eles iam cerca de cem metros à nossa frente cortando os caules em golpes ligeiros. Às vezes, quando trabalhávamos rápido o suficiente, nós os alcançávamos, o som das lâminas cada vez mais alto, até que você ouvia os pulmões funcionando enquanto eles cortavam, e os caules caindo num verde brilhante em torno de suas costas arqueadas. Dava para ouvir a água dentro dos caules quando o aço rompia as membranas, o solo escurecendo à medida que as plantas sangravam.

Eu estava na equipe de coleta, onde ficam os trabalhadores mais baixos. Nossa tarefa era pegar as plantas derrubadas, as folhas já murchas ao sol. Nós nos dividíamos em times de três pessoas, dois que pegavam as folhas e um que as perfurava. Como perfurador, você só tinha que ficar do lado de um carrinho que tem uma vara removível anexada e enfiar as plantas nela até ficar cheia. Então você retirava a ponta da vara, e um dos coletores levava a vara cheia para um trator que estava parado, onde um carregador a armazenava. O perfurador pegava outra vara, prendia a ponta de metal nela, e continuava a encher com mais folhas.

Quando o trator estava com a capacidade total, era levado de volta para os celeiros, onde dezenas de homens, em geral os mais altos, passavam as varas, uma a uma, de uns para os outros até que elas fossem colocadas sobre as vigas para secar. Como você pode cair de até quinze metros, o celeiro é o lugar onde o trabalho é mais perigoso. Havia histórias que os homens contavam, de outras fazendas, dizendo que o som não sai do ouvido deles, o baque de um corpo – alguém cantarolando ou falando do tempo ou reclamando de uma mulher, do preço da gasolina em Modesto, depois o abrupto silêncio, as folhas se agitando onde havia a voz.

Naquele primeiro dia, eu estupidamente recusei o par de luvas que o Manny ofereceu. Elas eram grandes demais e chegavam quase até meus cotovelos. Às cinco horas, minhas mãos estavam tão grossas e pretas de seiva, terra, cascalho e lascas que pareciam o fundo de uma panela com arroz queimado. Os corvos flutuavam sobre o ar enrugado do campo enquanto trabalhávamos expostos, suas sombras arremetendo sobre a terra como coisas que caem do céu. As lebres entravam e saíam das fileiras de fumo, e de vez em quando um facão acertava uma delas e dava para ouvir, mesmo em meio ao tilintar das lâminas, o grito estridente de algo deixando a terra sobre a qual estávamos.

Mas o trabalho de algum modo curou uma fratura que havia dentro de mim. Um trabalho de elos inquebráveis e de colaboração, cada planta cortada, coletada, erguida e carregada de um recipiente para outro em tal harmonia que nenhuma planta de tabaco, depois de retirada do solo, jamais voltava a tocar o solo outra vez. Um trabalho com uma infinidade de comunicações, aprendi a falar com os homens não com a língua, inútil ali, mas com sorrisos, gestos de mão, até mesmo silêncios, hesitações. Enunciei pessoas, verbos, abstrações, ideias com meus dedos, meus braços e desenhando na terra.

Manny, testa enrugada, o bigode quase cinza de suor seco, fez que sim com a cabeça quando fiz um gesto de flor desabrochando com as mãos para indicar teu nome, Rose.

A palavra mais comum dita no salão de manicure era *desculpe*. Era o único refrão para simbolizar o significado de trabalhar num serviço de beleza. Vez após vez, eu via as manicures, debruçadas sobre a mão ou o pé de uma cliente, às vezes de apenas sete anos, dizer, "Desculpe. Desculpe. Me desculpe de verdade", sem ter feito nada de errado. Vi trabalhadoras, incluindo você, se desculparem dezenas de vezes durante uma sessão de quarenta e cinco minutos, tentando ficar mais perto do objetivo final, uma gorjeta – só para dizer *desculpe* de qualquer jeito quando a gorjeta não era dada.

No salão de manicure, *desculpe* é uma palavra usada para se rebaixar até que ela se transforme em moeda. A palavra já não significa apenas *lamento*, mas insiste, lembra: *Eu estou aqui, bem aqui, debaixo de você*. É a pessoa se degradando para que a cliente se sinta certa, superior e caridosa. No salão de manicure, a definição de *desculpe* é deturpada até virar uma palavra inteiramente nova, carregada e reutilizada ao mesmo tempo como poder e como mutilação. Se desculpar vale a pena, se desculpar mesmo, ou especialmente, quando você não tem culpa, vale cada sílaba de autodepreciação que sai de sua boca. Porque a boca precisa comer.

E no entanto não é assim apenas no salão de manicure, Mãe. Naqueles campos de tabaco nós também dizíamos. "Lo siento", Manny falava quando entrávamos no campo de visão do sr. Buford. "Lo siento", Rigo sussurrava quando chegava para colocar um facão de volta na parede onde Buford ficava riscando números em uma prancheta. "Lo siento", eu disse para o patrão depois de faltar um dia quando a Lan teve outro ataque de esquizofrenia e enfiou todas as roupas dela no forno, dizendo que precisava se livrar das "provas". "Lo siento", dissemos quando, um dia, a noite chegou e encontrou o campo colhido pela metade, o trator com o motor fundido, parado na escuridão imóvel. "Lo siento, señor", cada um de nós disse, passando pela caminhonete em que Buford ouvia Hank Williams no volume máximo vendo sua safra murchar, uma foto de um palmo de altura de Ronald Reagan presa com fita durex no painel. No dia seguinte, começamos a trabalhar não com "Bom dia", mas com "Lo siento". A frase com seu som de uma bota afundando, e depois levantando, da lama. A imundície escorregadia da frase molhando nossas línguas enquanto pedíamos desculpas de novo para poder ganhar a vida. Muitas e muitas vezes, escrevo para você arrependido da minha língua.

Penso naqueles homens que suavam, brincavam e cantavam ao meu lado no infinito campo de tabaco. O George, que estava a mil dólares, dois meses de trabalho, de comprar uma casa para a mãe no subúrbio de Guadalajara. O Brandon, que ia mandar a filha de dezesseis anos, Lucinda, para a universidade na Cidade do México para ser dentista, como ela sempre quis. O Manny, que depois de mais uma temporada ia voltar para o vilarejo à beira-mar em El Salvador, passando o dedo pela cicatriz da clavícula da mãe, de onde um tumor ia ter sido recém-removido usando o pagamento que ele recebeu retirando tabaco do solo de Connecticut. Com o dinheiro que sobrasse, ele ia comprar um barco e tentar a sorte pescando marlins. *Desculpe*, para esses homens, era um passaporte para ficar.

Terminado o dia de trabalho, minha regata tão suja de terra e suor que era como se eu não estivesse de camiseta quando saí com a minha bicicleta do celeiro. Dedos grudentos e em carne viva sobre o guidão, mergulhei com minha Huffy prata, descendo a rua empoeirada, depois pelas vastas e agora vazias distâncias onde um dia tinha havido plantações, o sol queimando baixo acima da linha das árvores. E eu ouvia as vozes deles atrás de mim, claras como transmissões de rádio. "¡Hasta mañana, Chinito!", "¡Adios, muchacho!" E eu sabia de quem era cada voz. Sem olhar, eu sabia que o Manny estava acenando, como ele fazia todo dia, sua mão negra de três dedos e meio contra a última luz.

O que eu queria dizer para eles, enquanto pedalava para longe, e também na manhã seguinte, em todas as manhãs, é o que eu quero te dizer agora: *Desculpe*. Desculpe porque ia demorar tanto para eles verem as pessoas que amavam, porque alguns talvez não conseguissem voltar a atravessar a fronteira, vivos, pelo deserto, levados pela desidratação e insolação ou assassinados por cartéis de drogas ou pela milícia de direita do crack no Texas e no Arizona. *Lo siento*, eu queria dizer. Mas não pude. Porque a essa altura o meu *desculpe* já tinha se transformado em outra coisa. Tinha se tornado uma porção de meu próprio nome – impossível de se pronunciar sem que houvesse uma fraude.

E é por isso que, quando o menino veio até mim uma tarde, o menino que iria mudar o que eu sabia sobre o verão, o quanto uma estação pode se aprofundar quando você se recusa a seguir seus dias, eu disse "Desculpe". O menino com quem aprendi que havia algo ainda mais brutal e total do que o trabalho – o desejo. Naquele agosto, nos campos, foi ele que entrou no meu campo de visão. Perto do fim do dia, senti outro trabalhador ao meu lado, mas, absorto no ritmo da colheita, não pude parar para examiná-lo. Pegamos folhas por uns dez minutos, a presença dele se intensificando na minha visão periférica até que ele se pôs à minha frente enquanto eu estendia a mão para erguer um caule murcho. Ergui os olhos na direção dele, uma cabeça mais alto do que eu, rosto com uma bela estrutura óssea manchado de terra debaixo de um capacete do exército, ligeiramente inclinado para trás, como se ele tivesse acabado de sair de uma das histórias da Lan e entrado no meu trabalho, de algum modo sorrindo.

"Trevor", ele disse, endireitando o corpo. "Eu sou o Trevor." Eu só ia saber mais tarde que ele era neto do Buford, trabalhando na fazenda para ficar longe do velho encharcado de vodca. E sendo teu filho eu disse: "Desculpe." E, sendo teu filho, meu pedido de desculpas tinha se tornado, a essa altura, uma extensão de mim mesmo. Era o meu *Olá*.

Naquele primeiro dia depois de encontrá-lo na plantação, vi Trevor de novo no celeiro. A luz do crepúsculo tinha lavado o interior com um brilho azulado. Do lado de fora, os machados dos trabalhadores retiniam contra seus cintos enquanto eles escalavam os montes de terra voltando para seus trailers na beira da floresta. O ar estava fresco, tingido com clorofila do tabaco recém-cortado, agora suspenso nas vigas acima de nós, algumas folhas ainda pingando, gerando minúsculos turbilhões de poeira ao longo do chão do celeiro.

Não sei por que eu demorei na minha bicicleta, conferindo longamente os raios da roda. Trevor sentou em um banco encostado na parede, bebendo um Gatorade amarelo-neon.

Tinha algo no modo como ele olhava quando se perdia em pensamentos, as sobrancelhas franzidas sobre os olhos comprimidos, dando ao rosto juvenil a expressão dura, machucada de alguém que vê seu cachorro predileto sendo levado para a eutanásia cedo demais. O modo como o rosto com manchas de lama e empoeirado se justapunha à boca arredondada e aos lábios atrevidos formavam uma careta corada, feminina. Quem é você, eu pensei comigo mesmo enquanto mexia nos freios.

O que eu senti na hora, porém, não foi desejo, mas a carga elétrica de sua possibilidade, um sentimento que emitia, aparentemente, a sua própria gravidade, me mantendo no lugar. O jeito como ele me olhou lá na plantação, quando trabalhamos brevemente, lado a lado, nossos braços roçando um no outro enquanto as plantas se exauriam em uma mancha verde diante de mim, os olhos se demorando, depois voando para longe quando olhei para eles. Eu fui visto – eu que raras vezes tinha sido visto por alguém. Eu que aprendi a ser invisível para ficar em segurança com você, que, na escola primária, foi mandada para um castigo de quinze minutos no cantinho e só foi encontrada duas horas depois, quando todo mundo já tinha ido embora havia muito tempo e a sra. Harding, almoçando na mesa dela, olhou por cima da sua salada de macarrão e se engasgou. "Meu deus! Meu deus, esqueci que você ainda estava aqui! O que você está fazendo aqui?"

Trevor e eu conversamos sobre a plantação enquanto a luz escapava do celeiro, sobre o quanto ainda faltava fazer, sobre o fato de que a colheita era para charutos exportados para a África e o Extremo Oriente, onde fumar ainda era algo popular e onde qualquer coisa que viesse dos Estados Unidos continuava tendo uma aura de promessa. Mas a verdade, Trevor disse, era que o produto era de baixa qualidade, deixava um amargo na garganta quando você fumava.

"Essa plantação não está nem dentro do padrão", ele disse. A voz dele ecoou nas vigas. Olhei por cima do meu ombro, para onde ele apontava. "Os bichinhos fizeram um monte de buracos nas folhas. A gente teve dois anos bons, talvez três, e depois..." Ele passou a mão, como uma lâmina, pelo pomo de adão. "Acabou." Ele ficou em silêncio. Dava para sentir os olhos dele quando voltei para a minha bicicleta. E eu queria aquilo, que o olhar dele me fixasse no mundo do qual eu me sentia apenas parcialmente dentro.

Enquanto arrumava a correia da bicicleta, ouvi o som dele tomando o Gatorade, em seguida a garrafa sendo colocada no banco. Depois de um instante, ele disse, bem baixo: "Odeio o meu pai."

Até ali eu não achava que um garoto branco pudesse odiar alguma coisa da sua vida. Eu queria conhecer tudo sobre ele, exatamente por meio daquele ódio. Porque é isso que você dá às pessoas que te veem, eu pensei. Você lida com o ódio delas de frente, e atravessa, como uma ponte, para encará-las, para entrar nelas.

"Também odeio meu pai", eu disse para as minhas mãos, agora imóveis e escuras da graxa da correia. Quando virei, o Trevor estava sorrindo para o telhado. Ele me viu, saltou da saliência na parede onde estava sentado, e veio andando, o sorriso se transformando em alguma outra coisa enquanto ele puxava o capacete militar sobre os olhos. A logo preta da Adidas na camiseta branca dele se deslocava à medida que ele se aproximava. Eu estava no primeiro ano da faculdade, e o Trevor já estava no terceiro. Embora mal fosse visível ao sol, aqui no celeiro, e chegando mais perto, o bigode fino ficava mais intenso, uma listra loura que o suor deixava mais escura. E acima disso, os olhos: as íris acinzentadas com pontos castanhos e cor de âmbar, de modo que ao olhar para eles você quase enxergava, atrás de você, algo queimando sob um céu nublado. Parecia que o garoto estava sempre olhando para um avião em chamas em pleno ar. Foi isso que eu vi no primeiro dia. E embora eu soubesse que nada atrás de mim estava em chamas, eu me virei mesmo assim e vi o ar serpenteante do verão, crepitando de calor, subindo sobre os campos devastados.

O menino tem seis anos e está só com uma cueca branca com Super--Homens estampados em toda parte. Você conhece essa história. Ele acabou de chorar e agora está entrando naquele estado em que as mandíbulas tremem para se acalmar e fechar. O nariz emplastrado de ranho, seu sal nos lábios, na língua, ele está em casa. A mãe, você se lembra disso, trancou o menino no porão por ter feito xixi na cama de novo, os quatro ou cinco Super-Homens perto da virilha sujos e escuros. Ela o arrastou para fora da cama pelo braço, depois escada abaixo enquanto ele gritava, implorava. "Mais uma chance, Mãe. Mais uma chance." O tipo de porão em que ninguém desce, em toda a volta dele o cheiro úmido de terra molhada, canos enferrujados sufocados por teias de aranha, o mijo dele próprio ainda molhado nas pernas, entre os dedos dos pés. Ele fica de pé com um pé sobre o outro, como se tocar uma porção menor do porão significasse que ele está menos dentro dele. Ele fecha os olhos. Esse é meu superpoder, ele pensa: gerar um escuro ainda mais escuro do que aquele que existe à minha volta. Ele para de chorar.

O verão tinha quase acabado e estávamos no telhado do galpão de ferramentas, no limite da plantação, mas o calor tinha ficado, e nossas camisetas se agarravam a nossos corpos como se fossem peles que não tivessem sido trocadas. Eu ainda sentia o calor do teto de zinco, tocado o dia todo pelo sol, passando pelo meu short. O sol, que agora desaparecia, ainda deve estar forte em algum lugar a oeste, pensei, como Ohio, ainda dourado para algum menino que jamais vou conhecer.

Pensei naquele menino, em como ele estava distante de mim e mesmo assim era americano.

O vento estava fresco e denso subindo pelas pernas do meu short.

Ficamos conversando, como fazíamos naqueles dias depois do trabalho quando estávamos exaustos para ir direto para casa. Falamos sobre as armas dele, sobre a escola, sobre como ele podia desistir da escola, sobre a fábrica da Colt em Windsor, que podia estar contratando de novo, agora que o último massacre a tiros já tinha passado fazia três meses e era notícia velha, falamos sobre o novo jogo do Xbox que ia sair, sobre o pai dele, sobre o pai dele bebendo, falamos sobre girassóis, sobre como eles parecem desajeitados, tipo desenhos animados, o Trevor disse, só que reais. Falamos sobre você, sobre teus pesadelos, sobre você estar perdendo a cabeça, o rosto dele aflito enquanto ouvia, o que tornava seus lábios salientes mais definidos.

Um longo silêncio. Então o Trevor pegou o celular, fez uma foto das cores do fim do céu, depois colocou o telefone de volta no bolso sem ver a foto que tinha feito. Nossos olhos se encontraram. Ele deu um rápido sorriso constrangido, depois afastou o olhar e começou a mexer numa espinha no queixo.

"Cleópatra", ele disse depois de um tempo.

"O quê?"

"Cleópatra viu esse mesmo pôr do sol. Não é doido? Tipo, todo mundo que já viveu só viu um sol." Ele fez um gesto para indicar a cidade inteira, apesar de nós dois sermos as únicas pessoas no nosso campo de visão.

"Dá pra entender porque as pessoas achavam que o sol era deus."

"Quem disse?"

"As pessoas." Ele mastigou o lábio por um momento. "Tem horas que eu queria só sair andando naquele sentido pra sempre." Ele apontou o queixo para além dos sicômoros. "Tipo, só *psss*." Estudei o braço apoiado atrás dele, os músculos finos, fluidos, cor-de-plantação e alimentados a hambúrguer, mudando de posição enquanto ele falava.

Joguei de cima do telhado o último pedaço de casca da toranja que estava descascando. E os nossos esqueletos, eu quis perguntar, como a gente se livra deles – mas pensei melhor. "Deve ser um saco ser o sol", eu disse, passando uma metade rosada para ele.

Ele colocou a metade inteira na boca. "Com si?"

"Termine de mastigar, seu animal."

Ele rolou os olhos e sacudiu a cabeça brincando, como se estivesse possuído, o suco límpido escorrendo pelo queixo, pelo pescoço, pelo recesso embaixo do diminuto pomo de adão, brilhando. Ele engoliu, limpou a boca com as costas do braço. "Como assim?", ele repetiu, sério.

"Porque você nunca se vê se você for o sol. Nem fica sabendo onde você está no céu." Coloquei um gomo na língua, deixando o ácido picar o lugar na parte interna da minha bochecha que eu tinha mordido a semana inteira sem motivo.

Ele me olhou pensativo, pensou na minha ideia, os lábios molhados de suco.

"Tipo, você nem sabe se é redondo ou quadrado, nem se você é feio ou não", eu continuei. Eu queria soar importante, urgente, mas não tinha a menor ideia se eu acreditava naquilo. "Tipo, você só consegue

ver o que você *faz* com a terra, as cores e tal, mas não quem você é."
Olhei de relance para ele.

Ele enfiou o dedo num buraco do Vans manchado de grama. A unha dele raspou o couro do tênis, aumentando o buraco. Eu não tinha notado, até ali, os grilos cantando. O dia se apagava à nossa volta.

O Trevor disse: "Eu acho que deve ser um saco ser o sol porque ele tá pegando fogo." Ouvi algo que pensei ser outro grilo, mais perto. A vibração, uma batida como um baque. Mas o Trevor, ainda sentado, pernas escancaradas, tinha deixado o pênis, macio e rosa, sair pela parte de baixo do short, e agora estava mijando. O fluxo crepitou no metal inclinado antes de cair pela lateral, pingando na terra lá embaixo. "E eu estou apagando o fogo", ele disse, os lábios curvados de concentração.

Eu virei para o outro lado, mas continuei vendo, não o Trevor, mas o menino em Ohio, aquele que logo seria encontrado pela hora pela qual eu tinha acabado de passar, incólume. Juntos, sem nada para dizer, nós cuspimos, uma a uma, as sementes armazenadas nas nossas bochechas. Elas caíram no teto de zinco em grandes gotas e se tingiram de azul à medida que o sol afundava completamente por trás das árvores.

Um dia, depois do serão na fábrica de relógios, a mãe do menino encontrou a casa toda bagunçada com centenas de soldadinhos de brinquedo, suas vidas curvas e plásticas espalhadas como destroços pelas lajotas da cozinha. O menino em geral organizava as coisas antes de ela voltar para casa. Mas nesse dia ele se distraiu com a história que tinha construído com os corpos deles. Os homens estavam no meio de um salvamento de um Mickey Mouse de quinze centímetros preso numa cadeia feita de fitas VHS.

Quando a porta abriu, o menino se ergueu de um pulo, mas era tarde demais. Antes que ele pudesse ver o rosto da mãe, o golpe com as costas da mão explodiu na lateral da cabeça, depois mais um, depois mais. Uma chuva de tapas. Uma tempestade de mãe. A avó do menino, ouvindo os gritos, entrou correndo e, como por instinto, ficou de quatro sobre o menino, fazendo uma pequena e débil casa com seu corpo. Do lado de dentro, o menino se encolhia dentro das roupas e esperava a mãe se acalmar. Pelo meio dos braços trêmulos da avó, ele percebeu que as fitas de videocassete tinham caído. Mickey Mouse estava livre.

Uns dias depois do galpão de ferramentas, da toranja, me peguei andando no banco de passageiro da caminhonete do Trevor. Ele pegou uma cigarrilha do bolso da camisa, pousou suavemente sobre o joelho. Depois pegou o estilete do outro bolso e fez um corte em toda a extensão da cigarrilha antes de jogar seu conteúdo pela janela. "Abra o porta-luva", ele disse. "Isso. Não, debaixo do seguro. Isso, bem ali."

Peguei os dois saquinhos, um com maconha até a metade, o outro com cocaína, e passei para ele. Ele abriu o saquinho, pôs a maconha, já dichavada, na cigarrilha eviscerada até que ela ficasse cheia. Ele jogou o saquinho pela janela, salpicou o pó branco sobre a trilha de erva. "Tipo montanha coberta de neve!", ele disse, sorrindo. Na empolgação, ele deixou o segundo saquinho cair entre as pernas, no chão. Lambeu o papel da cigarrilha, lacrando a fenda até formar um baseado apertado, depois assoprou o papel, agitou o baseado para que ele secasse. Ele olhou assombrado para o que tinha entre os dedos antes de colocar nos lábios e acender. Ficamos sentados lá, passando o baseado de um para o outro até minha cabeça parecer fina e sem ossos.

Depois do que pareceu ser horas, acabamos no celeiro, de algum modo deitados no chão empoeirado. Devia ser tarde – ou pelo menos escuro o suficiente para fazer o interior do celeiro parecer imenso, como o casco de um navio encalhado.

"Não seja esquisito", o Trevor disse, sentando. Ele pegou o capacete da Segunda Guerra que estava no chão e pôs de novo na cabeça, o mesmo que ele estava usando no dia em que eu o conheci. Eu continuo vendo aquele capacete – mas não pode ser verdade. Esse menino, impossivelmente americano e vivo na imagem de um soldado morto. É tão elegante, um símbolo tão claro que eu devo ter inventado isso. E mesmo agora, em todas as fotos que eu vi, não consigo encontrar o capacete. E no entanto ali está ele, inclinado para esconder os olhos do Trevor, fazendo com que ele pareça anônimo e fácil de se olhar. Estudei o Trevor como se fosse uma nova palavra. Os lábios avermelhados saltando para fora do visor do capacete. O pomo de adão, estranhamente pequeno, um ponto em uma linha desenhada por um artista cansado. Estava escuro o suficiente para que meus olhos o engolissem inteiro sem jamais vê-lo claramente. Como comer com as luzes apagadas – você continua sendo alimentado, ainda que você não saiba onde o seu corpo acaba.

"Não seja esquisito."

"Eu não estava olhando para você", eu disse, desviando o olhar. "Só estava pensando."

"Olha. O rádio está funcionando de novo."

Ele brincou com o botão do rádio portátil no seu colo e a estática ficou mais intensa, depois uma voz robusta e urgente foi despejada no espaço entre nós: *Quarto down com vinte e sete segundos restando e os Patriots se preparam para a jogada...*

"Beleza! Ainda temos chance." Ele bateu na palma da mão com o punho, dentes cerrados: uma luz cinzenta sob o capacete.

Ele estava olhando para cima, visualizando o jogo, o campo, os seus Patriots azuis-e-cinza. Meus olhos dilataram, assimilei de modo ainda mais profundo a visão dele, a curva pálida do queixo. Ele estava sem camisa, porque era verão. Porque não importava. Havia dois dedos de terra na clavícula dele da hora em que a gente plantou, no começo da tarde, a muda de macieira no quintal do Buford.

"Estamos perto?", eu perguntei, sem saber do que estava falando.

As vozes rugiram, deformadas pelo ruído.

"Sim. Acho que vai dar." Ele deita de costas, do meu lado, a terra triturada sob seu peso. "Olha só, quarto down quer dizer que é nossa última chance. Tá me acompanhando?"

"Aham."

"Então por que você está olhando pro teto?"

"Eu estou te acompanhando."

Apoiei minha cabeça na palma da mão e olhei para ele – o torso uma chama frágil à meia-luz. "Estou prestando atenção, Trev. Quarto down."

"Não me chame assim. É Trevor. Longo e completo, beleza?"

"Desculpe."

"Tudo bem. *Quarto down* quer dizer que é tudo ou o fracasso."

Nas nossas costas, ombros quase se tocando, a tênue película de calor se formava entre nossas peles à medida que o ar ficava mais denso com as vozes dos homens, com a torcida corrosiva da multidão.

"Vai dar certo. Vai dar certo", a voz dele dizia. Os lábios dele se moviam, imaginei, do modo como se movem em oração. Parecia que ele conseguia ver através do telhado, o céu sem estrelas: a lua naquela noite um osso roído sobre a plantação. Não sei se foi ele ou se fui eu que me mexi. Mas o espaço entre nós ficava cada vez menor à medida que o jogo bramia, e nossos antebraços ficaram úmidos, se tocaram tão de leve que nenhum de nós percebeu que aquilo estava acontecendo. E talvez tenha sido no celeiro que eu tenha visto pela primeira vez aquilo que sempre veria quando a carne se toca contra o escuro. Como as arestas mais nítidas do corpo dele – ombros, cotovelos, queixo e nariz – emergiam em meio ao negror, um corpo meio dentro, ou meio fora, da superfície de um rio.

Os Patriots voaram para o touchdown da vitória. Os grilos se incendiaram na grama baixa e desigual em torno do celeiro. Virando para ele, senti as pernas serrilhadas deles através do chão em que estávamos deitados quando eu disse o nome dele, longo e completo; eu disse o nome tão baixinho que as palavras jamais ultrapassaram minha boca. Eu me aproximei, em direção ao calor úmido e salgado do rosto dele. Ele fez um som quase de prazer – ou pode ser que eu tenha só imaginado isso. Fui adiante, lambi o peito dele, a labareda de pelos na barriga pálida dele. E depois o *clank* pesado do capacete se inclinando para trás, a multidão rugindo.

No banheiro, com as paredes de sopa de ervilha, a avó passa um ovo recém-cozido pela bochecha do menino onde, minutos antes, explodiu um bule de cerâmica vazio jogado pela mãe dele.

O ovo está quente como minhas entranhas, ele pensa. É um remédio antigo. "O ovo, ele cura até os piores machucados", diz a avó dele. Ela trabalha no caroço violeta brilhante, como uma ameixa, no rosto do menino. Enquanto o ovo rolava, uma suave pressão sobre o machucado, o menino olhava, por baixo de uma pálpebra inchada, os lábios da avó se retorcerem de concentração enquanto ela trabalhava.

Anos mais tarde, adulto, quando tudo que restou da avó é um rosto gravado em sua memória, o menino lembrará daquele vinco entre os lábios ao abrir ovos cozidos duros sobre sua escrivaninha em uma noite de inverno em Nova York. Eles não eram quentes, eram frios na palma da mão dele, tendo sido cozidos às dúzias pela manhã.

Em sua escrivaninha, à deriva, ele rola o ovo úmido sobre o rosto. Sem falar, ele dirá *Obrigado*. Ele continuará dizendo isso até que o ovo se aqueça na sua pele.

"Obrigado, Vó", diz o menino, semicerrando os olhos.

"Agora você está bem, Cachorrinho." Ela ergue o globo perolado e o coloca gentilmente sobre os lábios dele. "Coma", ela diz. "Engula. Agora teus machucados estão aqui dentro. Engula e não vai doer mais."

E assim ele come. Ele ainda está comendo.

Tinha cores, Mãe. Sim, tinha cores que eu sentia quando estava com ele. Não palavras – mas sombras, penumbras.

Uma vez nós paramos a caminhonete ao lado de uma estrada de chão e sentamos encostados na porta do motorista, de frente para uma campina. Logo nossas sombras no exterior vermelho se agitaram e floresceram, como um grafite púrpura. Dois Whoppers com queijo duplo aquecendo no capô, as embalagens de papel estalando. Você já se sentiu sendo colorida quando um garoto encontrou você com a boca? E se o corpo, no seu auge, for apenas um *desejo* de corpo? O sangue correndo para o coração só para ser mandado de volta, enchendo as trajetórias, os canais antes vazios, os quilômetros necessários para nos levar um ao outro. Por que eu me sentia mais eu mesmo quando estendia minha mão na direção dele, a mão no meio do ar, do que quando eu o tocava?

A língua dele contornando minha orelha: o verde sobrevivendo a uma folha de capim.

Os sanduíches começaram a soltar fumaça. Nós os deixamos.

Trabalhei na fazenda por mais dois verões depois daquele – mas meu tempo com Trevor se estendeu por todas as estações do período. E aquele dia, era 16 de outubro – uma quinta-feira. Parcialmente nublado, folhas quebradiças mas ainda nos galhos.

Na janta nós comemos arroz com ovos *sautée*, tomate em cubinhos e molho de peixe. Eu estava com uma camisa xadrez vermelho e verde da L.L. Bean. Você estava na cozinha, lavando a louça, cantarolando. A TV estava ligada, passando uma reprise de *Rugrats*, a Lan batendo palmas para o desenho animado. Uma das lâmpadas do banheiro estava zumbindo, a potência muito forte para a fiação. Você queria ir comprar lâmpadas novas no mercadinho, mas decidiu esperar o salário do salão para poder comprar Sustagen para a Lan. Você estava bem naquele dia. Até sorriu duas vezes enquanto fumava teu cigarro. Eu lembro. Eu me lembro de tudo porque como você pode esquecer algo sobre o dia em que você se acha bonito pela primeira vez?

Desliguei o chuveiro e, em vez de me secar e me vestir antes de o espelho na porta desembaçar, como normalmente faria, eu esperei. Foi um acidente, minha beleza revelada para mim. Eu estava sonhando acordado, pensando no dia anterior, no Trevor e eu atrás do Chevy, e fiquei na banheira com a água desligada por tempo demais. Quando saí, o garoto diante do espelho me atordoou. Quem era ele? Toquei o rosto, as bochechas lívidas. Senti meu pescoço, o feixe de músculos deslizando até as clavículas que se projetavam em cumes austeros. As costelas escavadas, afundadas enquanto a pele tentava preencher suas lacunas irregulares, o pequeno e triste coração abaixo delas se agitando como um peixe aprisionado. Os olhos que não combinavam, um aberto demais, o outro espantado, com a pálpebra ligeiramente abaixada, precavido contra qualquer luz que lhe fosse dada. Era tudo de que eu me escondia, tudo que me fazia desejar ser um sol, a única coisa que eu sabia que não tinha sombra. E no entanto, eu fiquei. Deixei o espelho conter aquelas falhas – porque pelo menos uma vez, secando no ar, elas não me pareciam erradas, mas sim algo que era desejado, que era buscado e encontrado em meio a uma paisagem tão enorme quanto aquela em que eu estivera perdido por todo esse tempo. Porque o fato é que a beleza só é bela fora de si. Me vendo em um espelho, vi meu corpo como um outro, um menino a alguns centímetros de distância, a expressão impassível, ousando deixar que a pele permanecesse como era, como se o sol, se pondo, ainda não estivesse em outro lugar, ainda não estivesse em Ohio.

Consegui o que eu queria – um menino nadando na minha direção. Exceto pelo fato de eu não ser uma praia, Mãe. Eu era um pedaço de madeira à deriva tentando lembrar de onde eu havia me desmembrado para chegar aqui.

De volta ao celeiro, naquela primeira noite em que nos tocamos, o jogo dos Patriots no intervalo no rádio, eu o ouvi. O ar estava denso ou leve ou não estava lá. Talvez a gente até tenha flutuado um pouco. Estava na hora dos comerciais, crepitando e zumbindo no aparelho, mas eu o ouvi. Estávamos simplesmente olhando para as vigas, e aí ele disse, casualmente, como se dizendo o nome de um país em um mapa. "Por que foi que eu nasci?" Seus traços aflitos na luz evanescente.

Fingi não ouvir.

Mas ele disse de novo. "Por que foi que eu nasci, Cachorrinho?" O rádio sibilou por baixo da voz dele. E eu falei voltado para o ar. Eu disse. "Eu odeio o KFC", respondendo ao comercial, deliberadamente.

"Eu também", ele disse sem hesitar.

E nós dois caímos no riso. Gargalhando. Nós nos separamos assim, rindo.

O Trevor e o pai viviam sozinhos na casa móvel amarelo-Páscoa atrás da interestadual. Naquela tarde, o pai dele estava assentando passarelas de tijolinhos aparentes para um estacionamento comercial em Chesterfield. Os batentes das portas brancas da casa móvel estavam manchados de rosa com impressões digitais: uma casa colorida pelo trabalho, o que significava uma casa colorida pela exaustão, pela ruína. O tapete tirado do chão "para ninguém precisar limpar", mas o piso de madeira jamais encerado e polido, dando para sentir os pregos da madeira quando você andava de meias. As portas do armário foram arrancadas "para ficar mais fácil". Tinha um bloco de cimento debaixo da pia para segurar os canos. Na sala, em cima do sofá, colado com fita, um pôster do Neil Young, guitarra na mão, fazendo careta para cantar uma música que eu nunca ouvi.

No quarto dele, o Trevor ligou um aparelho de som de carro da Sony com duas caixas de som colocadas em uma cômoda, e sacudiu a cabeça com uma batida de hip-hop que ia ficando mais intensa no amplificador. As batidas eram intercaladas por gravações de tiros, homens gritando, um carro arrancando.

"Já ouviu esse? É esse cara novo, 50 Cent." O Trevor sorriu. "Bem doidão, hein?" Um pássaro passou voando pela janela, fazendo com que a sala parecesse piscar.

"Nunca ouvi falar", menti – não sei bem por quê. Talvez eu quisesse dar a ele o poder desse pequeno conhecimento sobre mim. Mas eu já tinha ouvido falar antes, muitas vezes, porque aquilo tinha tocado o ano todo sem parar nos carros que passavam e nas janelas abertas dos apartamentos em Hartford. O álbum todo, *Get Rich or Die Tryin'*, era pirateado em centenas de CDs virgens comprados baratinho em embalagens com quarenta no Walmart ou na Target – e por isso toda a zona norte ecoava com uma espécie de hino com a voz de Curtis Jackson se tornando inteligível e, logo em seguida, sumindo enquanto você passava de bicicleta pelas ruas.

"*I walk the block with the bundles*"*, ele recitava, as mãos fazendo gestos diante do corpo, dedos espalhados. "*I've been knocked on the humble, swing the ox when I rumble, show your ass what my gun do.*"**

Ele andava pelo quarto, cantando rap com vontade, com gosto, franzindo a testa com saliva saltando no ar, caindo fria no meu rosto. "Vem nessa, cara. Adoro essa parte." Ele recitou a letra, como se eu fosse a câmera do videoclipe. Segui os lábios dele até estarmos cantando o refrão juntos, meus ombros balançando no ritmo. "*Many men, many, many, many, many men. Wish death 'pon me. Lord I don't cry no more, don't look to the sky no more. Have mercy on me.*"***

Naquele quarto, em meio ao pôster descascando do *Star Wars* (*O império contra-ataca*) em cima da cama desarrumada dele, em meio às latas vazias de cerveja, o halteres de dez quilos, um skate meio quebrado, a mesa coberta por moedinhas, embalagens vazias de

---

* Ando no quarteirão cheio da grana.
** Apanhei até ficar humilde, uso a navalha quando brigo, vou te mostrar o que a minha arma faz.
*** Tem muitos, muitos, muitos, muitos, muitos caras que desejam me ver morto. Senhor, eu não choro mais, não olho mais pro céu. Tem piedade de mim. (N. do T.)

chicletes, notas fiscais de postos de gasolina, migalhas de maconha, adesivos de fentanil e saquinhos de maconha vazios, canecas de café com anéis marrons na borda e água parada e bitucas de baseados, um exemplar de *Ratos e homens*, cápsulas vazias de uma Smith & Wesson, não houve perguntas. Sob as cobertas, fizemos fricção um com o outro e ficção de todo o resto. Ele tinha raspado a cabeça na pia naquele dia e os fiapos de cabelo pinicavam em todo lugar pra onde a gente se mexia, nossos dedos perdidos em fivelas de cintos. Um Band-Aid, que se soltou com o suor e o calor, ficou pendurado no cotovelo dele, a película plástica arranhando minhas costelas quando ele subiu em mim, esquadrinhando. Debaixo dos meus dedos, as estrias acima dos joelhos dele, nos ombros e na base da coluna brilharam prateadas e novas. Ele era um garoto que estava se libertando das amarras e ao mesmo tempo mergulhando em si. Era isso que eu queria – não apenas o corpo, desejável como era, mas a sua vontade de crescer e ganhar o exato mundo que rejeita a sua fome. Depois eu quis mais, o perfume, a atmosfera dele, o gosto de batatas fritas e pasta de amendoim debaixo do lenitivo da língua dele, o sal em torno do pescoço das duas horas dirigindo rumo ao nada e um Burger King na divisa do município, um dia de conversa difícil com o pai dele, a ferrugem do barbeador elétrico que ele compartilhava com o velho, que eu sempre encontrava na sua triste embalagem de plástico na pia, o tabaco, a maconha e a cocaína nos dedos dele misturados com o óleo de motor, tudo se acumulando no cheiro que ficava da madeira queimada que pegava e encharcava o cabelo dele, como se quando ele viesse até mim, a boca úmida e cheia de desejo, ele viesse de um lugar em chamas, um lugar para o qual ele jamais podia retornar.

 E o que você faz com um garoto assim senão se transformar numa porta, um lugar por onde ele pode passar várias e várias vezes, entrando sempre na mesma sala? Sim, eu queria tudo isso. Eu pus meu rosto nele como se fosse um clima, a autobiografia de uma estação. Até ficar entorpecido. "Fecha os olhos", ele disse, tremendo. "Não quero que você me veja assim." Mas eu abri os olhos de qualquer forma, sabendo que à meia-luz tudo parecia igual. Como se você ainda estivesse dormindo. Mas na nossa pressa, nossos dentes colidiram. Ele fez um som de dor, depois virou o rosto, subitamente constrangido. Antes de eu ter tempo de perguntar se ele estava bem, ele recomeçou, os olhos meio abertos enquanto nos abraçávamos, agora mais escorregadios e com mais facilidade, mais profundo. Depois mais abaixo, a resistência do elástico na cintura, o fecho que nunca vem, o farfalhar do tecido nos meus tornozelos, meu pau, a gota de umidade na ponta dele a coisa mais fria entre nós.

Emergindo dos lençóis, o rosto brilhante em meio à máscara molhada que geramos em nossa busca. Ele estava branco, eu jamais me esqueci disso. Ele sempre foi branco. E eu sabia que era por isso que havia um espaço para nós: uma fazenda, uma plantação, um celeiro, uma casa, uma hora, duas. Um espaço que jamais encontrei na cidade, onde os apartamentos baratos em que a gente morava eram tão abarrotados que dava para saber quando um vizinho tinha dor de barriga no meio da noite. Me esconder aqui, em um quarto em uma casa móvel em ruínas era, em certo sentido, um privilégio, uma chance. Ele era branco. Eu era amarelo. No escuro, nossos fatos nos libertaram e nossos atos nos prenderam na cama.

Mas como te falar desse menino sem te contar sobre as drogas que em pouco tempo acabaram com tudo, o oxi e a cocaína, o modo como elas fizeram o mundo fumegar em suas extremidades? E depois o Chevy vermelho-ferrugem? Aquele que o Buford deu para o filho, o pai do Trev, quando ele completou vinte e quatro anos, aquele que o velho amava, tendo consertado e substituído peças suficientes para montar quatro caminhonetes ao longo dos anos. As janelas já com estrias azuis e os pneus macios como pele humana na época em que passamos voando pelo milharal, a noventa por hora enquanto o Trevor gritava como um doido, um adesivo de fentanil queimando no braço, o líquido derretido saindo pelas bordas e pingando pelo bíceps como se fosse seiva ruim. A cocaína em nossos narizes, nossos pulmões, nós ríamos, num certo sentido. E depois a guinada, estilhaços amarelos, a batida, vidro deslizando, o capô esmagado fumegando debaixo do carvalho morto. Uma linha vermelha escorrendo pelo rosto de Trevor, depois ficando mais grossa na mandíbula. Depois o pai dele ligando de casa, a raiva dele fazendo a gente pular nos bancos.

Enquanto o motor fumaceava, passávamos as mãos procurando ossos quebrados, depois saímos em disparada da picape fedendo a gasolina, atravessamos o resto do milharal atrás da casa do Trevor, passamos pelo trator John Deere sem rodas suspenso sobre blocos de concreto, pelo galinheiro vazio com trancas enferrujadas fechadas, sobre a pequena cerca plástica invisível debaixo de um espinheiro, depois por um trecho de ervas daninhas e por baixo do viaduto, em direção ao pinheiral. Folhas secas estalando no nosso rastro. O pai do Trevor correndo na direção da picape arrebentada, o único carro que eles tinham, nenhum de nós com colhão de olhar para trás.

Como eu posso te contar sobre o Trevor sem te contar, outra vez, sobre aqueles pinheiros? Sem contar que foi uma hora depois do Chevy que a gente ficou deitado lá, o frio se infiltrando do solo da floresta. Sem contar que a gente cantou "This Little Light of Mine" até o sangue que estava nos nossos rostos grudar em volta dos lábios e nos deixar num rígido silêncio.

Da primeira vez que nós transamos, nós não transamos. Só tenho coragem de te contar o que vem a seguir porque a probabilidade de essa carta chegar a você é mínima – a própria impossibilidade de você ler isso é o que possibilita que eu conte.

Na casa móvel do Trevor, tinha um quadro no corredor mostrando uma fruteira com pêssegos que sempre chamou a minha atenção. O corredor era muito estreito e só dava para ver o quadro a centímetros de distância, mais rescaldo do que arte. Eu tinha que ficar um pouco de lado para ver tudo. Toda vez que passava, eu andava mais devagar, olhando. Uma tela barata comprada em lojas de departamentos, reproduzida em massa com vagos indícios de impressionismo. Quando examinei as pinceladas, vi que não eram pintadas de verdade. Eram impressas em relevo, sugerindo uma mão onde ela não havia. As "pinceladas" jamais coincidiam com as cores, e uma mesma pincelada podia ter duas, até três cores ao mesmo tempo. Uma farsa. Uma fraude. E era por isso que eu adorava aquele quadro. Os materiais jamais sugeriam autenticidade, e sim uma discreta mesmice, um desejo de se passar por arte apenas diante do relance mais superficial. A tela ficava pendurada na parede, no corredor escuro que levava ao quarto do Trevor. Nunca perguntei quem pôs o quadro ali. Pêssegos. Pêssegos rosa.

Debaixo dos lençóis úmidos, ele encostou o pau no meio das minhas pernas. Cuspi na minha mão, que estendi para trás, agarrando forte o comprimento quente dele, imitando a coisa real, ele empurrando. Olhei para trás e vi o ar empolgado de travessura nos olhos dele. Embora fosse uma tentativa simulada, um pênis dentro de um punho e não do corpo, por um momento *foi* real. Foi real porque nós não precisávamos olhar – como se transássemos e destransássemos a uma distância de nossos corpos, mas ainda assim dentro da sensação, como uma memória.

A gente fez o que tinha visto em pornografia. Pus meu braço livre em torno do pescoço dele, minha boca procurando e aceitando qualquer parte do Trevor que estivesse mais próximo, apertando o nariz dele contra a curva do meu pescoço. A língua dele, as línguas dele. E os braços dele, quentes ao longo dos músculos tensos, me lembravam da casa do vizinho na avenida Franklin um dia depois de pegar fogo. Eu tinha erguido um pedaço de esquadria, meus dedos escavando na madeira macia, úmida por causa do hidrante, do mesmo jeito que agora escavo o bíceps do Trevor. Pensei ter ouvido o sibilar do vapor saindo dele, mas era só outubro cortando lá fora, o vento construindo um léxico com as folhas.

Nós não falamos.

Ele transou com a minha mão até estremecer, molhado, como o silenciador de um caminhão sendo ligado na chuva. Até minha mão ficar pegajosa e ele dizer "Não, ah não", como se fosse sangue, não sêmen, o que estava saindo dele. Tendo terminado, ficamos ali deitados por um tempo, nossos rostos refrescando enquanto secavam.

Agora, sempre que visito um museu, hesito em chegar perto demais de uma tela por medo do que possa, ou não possa, encontrar lá. Como a mancha rosada nos pêssegos da loja de 1,99 do Trevor. Ao invés disso, olho com as mãos nas costas, de longe, às vezes até mesmo da porta da sala, de onde tudo continua sendo possível porque nada ainda foi revelado.

Depois, deitado do meu lado com o rosto virado para o outro lado, ele chorou habilidosamente no escuro. Do jeito que os meninos fazem. Da primeira vez que a gente transou, a gente não transou.

O menino está de pé em uma minúscula cozinha amarela em Hartford. Ainda pequeno, o menino ri, acha que eles estão dançando. Ele se lembra disso – porque quem pode esquecer a primeira lembrança dos pais? Só quando o sangue escorreu do nariz da mãe, deixando a camiseta branca dela da cor do Elmo que ele tinha visto na *Vila Sésamo*, ele começou a berrar. Aí a avó entrou apressada, pegou o menino, e passou correndo pela filha que ia ficando vermelha, pelo homem gritando em cima dela, saindo para a varanda, depois descendo os degraus dos fundos, gritando em vietnamita: "Ele está matando a minha filha! Meu deus, meu deus! Ele vai matar a minha filha!" Veio gente correndo de todo lugar, das varandas no fim da quadra até o apartamento de três andares; Tony, o mecânico do outro lado da rua com o braço ferrado, pai do Junior, do Miguel e do Roger, que moravam em cima da lojinha de conveniências. Todo mundo saiu correndo para arrancar o pai de cima da mãe.

As ambulâncias vieram, o menino, pendurado no quadril da avó, viu os policiais abordarem o pai com as armas na mão, viu o pai agitar uma nota de vinte dólares, como ele fazia em Saigon, onde os policiais aceitavam o dinheiro, diziam para a mãe do menino se acalmar e dar uma caminhada, depois saíam como se nada tivesse acontecido. O menino viu os policiais enfrentarem o pai, a nota de vinte dólares escapando da mão dele no meio da briga e caindo na calçada iluminada por lâmpadas de enxofre. Concentrado na cédula-folha marrom e verde sobre a calçada, meio que esperando que ela voasse de volta para uma árvore invernal, o menino não viu o pai algemado, erguido na marra, a cabeça empurrada para dentro da viatura. Só viu o dinheiro amarrotado, até que uma menina de tranças da vizinhança pegou o dinheiro quando não tinha ninguém vendo. O menino ergueu os olhos e viu a mãe sendo levada por paramédicos, o nariz quebrado flutuando diante dele na maca.

No quintal dele, um terreno vazio ao lado do viaduto, vi o Trevor apontar o Winchester .32 dele para uma fileira de latas de tinta em cima de um velho banco de praça. Eu não sabia na época o que eu sei hoje: ser um menino americano, e depois um menino americano com uma arma, é passar de uma jaula para outra.

Ele puxou a aba do boné dos Red Sox, os lábios enrugados. A luz de uma varanda fez surgir no cano da arma o reflexo de uma pequena estrela branca na escuridão remota, que subia e caía à medida que ele fazia mira. Era isso que a gente fazia em noites assim, um sábado em que não havia barulho num raio de quilômetros. Sentei num engradado de leite tomando um refrigerante e vi o Trevor esvaziar um cartucho após o outro, transformando-os em simples metal. No ponto em que a coronha do rifle dava o coice no ombro dele, a camiseta verde dos Whalers enrugava, os vincos mais grudados a cada tiro.

As latas saltavam uma a uma do banco. Eu assistia, lembrando uma história que o sr. Buford contou para a gente na fazenda. Anos atrás, caçando em Montana, Buford encontrou um alce numa armadilha. Macho. Ele falava lentamente, passando a mão pela barba branca crescida, descrevendo o modo como a armadilha decepou a pata traseira do alce – um som parecido com um graveto molhado estalando – exceto por alguns poucos ligamentos rosados. O animal gemia contra seu corpo que, sangrando e dilacerado, repentinamente passou a ser uma prisão. Ele gritava furioso, a língua grossa parada gerando uma voz. "Uma voz quase como a de um homem", o Buford disse, "como você e eu." Ele olhou para o neto, depois para o chão, o prato dele cheio de formigas.

O Buford abaixou o rifle, ele explicou, colocou o cano duplo no coldre, nas costas, e ficou ali parado. Mas o alce percebeu que ele estava ali e atacou, arrancando de vez a pata. O alce correu bem na direção dele, antes que ele pudesse fazer mira, depois virou para uma clareira e correu em meio às árvores, mancando com o que havia lhe restado.

Como você e eu, eu disse para ninguém.

"Dei sorte", o Buford disse. "Mesmo com três patas, aquela coisa pode te matar."

No quintal, Trevor e eu sentamos na grama, passando um baseado salpicado com migalhas de oxi. Com o encosto detonado, só sobraram as pernas do banco. Quatro pernas, sem um corpo.

Uma semana depois da primeira vez, fizemos de novo. O pau dele na minha mão, começamos. Minha mão agarrando firme a pele. E aquela inércia da pele dele, úmida-apertada contra a minha, dava à tarefa um ar não apenas de trepada, mas de persistência. A parte de dentro da bochecha dele, onde a carne é a mais macia, tinha gosto de chiclete de canela e pedras molhadas. Pus a mão mais para baixo e senti a fenda na ponta do pau. Quando esfreguei o globo quente, ele estremeceu contra si mesmo. Do nada, ele agarrou meu cabelo, minha cabeça puxada para trás. Soltei um gemido entrecortado, e ele parou, a mão dele pairando ao lado do meu rosto, hesitante. "Continua", eu disse, e inclinei para trás, oferecendo minha cabeça inteira. "Agarra."

Não consigo explicar o que eu senti. A força e o torque, a dor se acumulando até chegar perto de um ponto de ruptura, uma sensação que jamais imaginei que fosse parte do sexo. Algo assumiu o controle e eu disse para ele fazer mais forte. E ele fez. Ele quase me ergueu da cama pela raiz dos meus folículos. A cada batida, uma luz se acendia e apagava dentro de mim. Eu piscava, como uma lâmpada numa tempestade, procurando a mim mesmo na condução dele. Ele só soltou meu cabelo para colocar o braço debaixo do meu pescoço. Meus lábios roçaram o antebraço dele e senti o sal concentrado ali. Ele compreendeu algo que imediatamente hesitou dentro dele. Era assim que a gente ia fazer de agora em diante.

Como você chamaria um animal que, ao encontrar o caçador, se oferece para ser devorado? Um mártir? Um fraco? Não, um animal conquistando a rara capacidade de parar. Sim, o ponto na frase – é isso que nos torna humanos, Mãe, eu juro. Permite que a gente pare para ir em frente.

Porque a submissão, eu logo aprendi, era também uma forma de poder. Para estar dentro do prazer, o Trevor precisava de mim. Eu tinha uma escolha, uma capacidade, e a ascensão ou o fracasso dele dependiam da minha disposição de abrir caminho para ele, pois você não tem como subir sem ter onde subir. A submissão não requer elevação para que haja controle. Eu me rebaixo. Eu o coloco na minha boca, até a base, e olho para ele, meus olhos um lugar onde ele pode florescer. Depois de um tempo, quem chupa o pau é que se mexe. E ele me segue, quando balanço para esse lado, ele se vira junto. E eu olho para ele como se estivesse olhando para uma pipa, o corpo dele inteiro preso ao mundo oscilante da minha cabeça.

Bem me quer, mal me quer, nos ensinam a dizer, enquanto arrancamos da flor a sua florescência. Chegar ao amor, então, é chegar por meio da obliteração. Me eviscere, queremos dizer, e eu te conto a verdade. Eu vou dizer sim. "Continua", eu implorava. "Me fode, me fode." A essa altura, a violência já tinha perdido a novidade para mim, era o que eu sabia, em última instância, do amor. Me. Fode. Parecia bom dar um nome para o que já vinha acontecendo comigo a vida toda. Finalmente alguém estava me fodendo porque eu queria. Nos braços do Trevor, eu podia dizer como eu ia ser dilacerado. E eu dizia: "Mais forte". Mais forte", até ouvir ele arquejar, como se voltando à tona depois de um pesadelo que a gente jurava ser real.

Depois que ele gozava, quando tentava me abraçar, os lábios no meu ombro, eu o afastava, punha a cueca, e ia lavar a boca.

Às vezes, demonstrações de ternura são a própria prova de que você está arruinado.

Então, uma tarde, do nada, o Trevor pediu para que eu ficasse em cima dele, do jeito que a gente vinha fazendo, que agora a gente chamava de *trepada falsa*. Ele deitou de lado. Eu cuspi na palma da mão e me aconcheguei nele. De pé, eu batia no pescoço dele, mas deitados, de conchinha, nossas cabeças se encontravam. Beijei os ombros dele, abri caminho até o pescoço, onde o cabelo dele acabava, na altura em que alguns meninos deixam, os fios se reduzindo a um rabo de cavalo de um centímetro na nuca. Era aquela parte que brilhava como extremidade de trigo tocada pela luz do sol, enquanto o resto da cabeça dele, com o cabelo mais cheio, continuava castanho escuro. Agitei minha língua debaixo daquele ponto. Como um garoto tão durão podia ter algo tão delicado, composto inteiramente de pontas, de extremidades? Entre meus lábios, aquilo era um botão que brotava de dentro dele, possível. Essa parte é a parte boa do Trevor, eu pensei. Não o cara que atira em esquilos. Não o cara que usou um machado para reduzir a lascas o que tinha sobrado do banco do parque depois dos tiros. Aquele que, num ataque de raiva cujo motivo eu não consigo lembrar, me jogou num monte de neve quando a gente estava voltando da loja da esquina. Essa parte, esse vaivém de cabelo, foi o que fez o Trevor parar a caminhonete no meio do trânsito para olhar um girassol de dois metros de altura do lado da estrada, a boca aberta. Que me disse que os girassóis eram a flor favorita dele por crescerem mais do que as pessoas. Que passava os dedos tão suavemente pelas plantas que eu achava que havia sangue vermelho pulsando dentro dos caules.

Mas acabou antes de começar. Antes da ponta do meu pau tocar na mão gordurosa dele, ele ficou tenso, as costas uma muralha. Ele me afastou, sentou. "Merda." Ele olhava direto para frente.

"Eu não consigo. Eu simplesmente – quer dizer..." Ele falou para a parede. "Não sei. Não quero me sentir como uma menina. Como uma putinha. Eu não consigo, cara. Desculpe, não é pra mim..." Ele fez uma pausa, limpou o nariz. "É pra você. Tá?"

Puxei as cobertas até o queixo.

Eu tinha achado que sexo era descobrir novos territórios, apesar do terror, que desde que o mundo não nos visse, as suas regras não se aplicavam. Mas eu estava errado.

As regras, elas já estavam dentro de nós.

Logo o Super Nintendo estava ligado. Os ombros do Trevor tremiam enquanto ele esmurrava o controle. "Ei. Ei, Cachorrinho", ele disse depois de um tempo. Depois, suave, ainda absorto no jogo: "Desculpa. Tá bom?"

Na tela, um minúsculo Mario vermelho saltava de plataforma em plataforma. Caso o Mario caísse, ele tinha que começar a fase de novo, do começo. Isso também se chamava morrer.

O garoto fugiu de casa uma noite. Fugiu sem planos. Na mochila tinha um saquinho de sucrilhos que ele tirou da caixa, um par de meias e dois livros do *Goosebumps*. Embora ainda não conseguisse ler livros com tanto texto, ele sabia até onde uma história podia levá-lo, e estando com aqueles livros ele tinha a impressão de que havia pelo menos dois outros mundos em que podia entrar. Mas, tendo dez anos, ele chegou só até o parquinho atrás da escola primária dele a vinte minutos de distância.

Depois de sentar nos balanços por um tempo na escuridão, a corrente rangendo sendo o único som, ele escalou um dos bordos ali por perto. Os galhos cheios de folhas o empurravam enquanto ele subia. Na metade da escalada, ele parou e ouviu a vizinhança, música pop vindo de uma janela de apartamento do outro lado do estacionamento, trânsito da via expressa ali perto, uma mulher chamando um cachorro ou uma criança.

Então o garoto ouviu passos nas folhas secas. Ele apertou os joelhos um contra o outro e se agarrou ao tronco. Ficou parado e olhou para baixo, cauteloso, em meio aos galhos, que estavam empoeirados e cinzentos por causa da poluição da cidade. Era a avó. Imóvel, ela olhou para cima, um olho aberto, procurando. Estava escuro demais para ver o menino. Ela parecia tão pequena, uma boneca no lugar errado, balançando a cabeça, semicerrando os olhos.

"Cachorrinho", ela disse num sussurro-gritado. "Você aí em cima, Cachorrinho?" Ela esticou o pescoço, depois olhou para longe, para a via expressa. "A tua mãe. Ela não normal, ok? Ela dor. Ela dói. Mas ela quer você, ela precisa nós." Ela se mexeu sem sair do lugar. As folhas estalaram. "Ela ama você, Cachorrinho. Mas ela doente. Doente como eu. Na cabeça." Ela examinou a mão, como para ter certeza de que ainda estava lá, depois deixou-a cair.

O menino, ouvindo isso, pressionou os lábios contra a casca fria do tronco para não chorar.

Ela dor, o menino pensou, meditando sobre as palavras dela. Como alguém pode *ser* uma sensação? O menino não disse nada.

"Você não precisa medo, Cachorrinho. Você mais esperto que eu." Algo farfalhou. Nos braços, como se levasse um bebê, ela tinha um saquinho de Doritos. Na outra mão uma garrafa de água mineral com chá de jasmim. Ela murmurava para si mesma: "Você não precisa medo. Não precisa."

Depois ela parou e apontou os olhos para ele. Eles viram um ao outro em meio às folhas trêmulas. Ela piscou uma vez. Os galhos estalaram e estalaram, depois pararam.

Você se lembra do dia mais feliz da tua vida? E do mais triste? Você já se perguntou se é possível combinar tristeza e felicidade, para criar um sentimento púrpura profundo, nem bom nem mau, mas notável simplesmente porque você não precisou viver de um lado ou de outro?

A rua Principal estava deserta na noite em que o Trevor e eu pedalamos pelo meio do asfalto, os pneus engolindo as gordas faixas amarelas enquanto acelerávamos. Eram sete da noite, o que queria dizer que faltavam só cinco horas para o Dia de Ação de Graças. O ar que exalávamos fazia uma fumaça sobre nossas cabeças. A cada inalação, o fogo pungente na floresta tocava uma nota brilhante nos meus pulmões. O pai do Trevor estava de volta ao trailer, em frente ao jogo de futebol americano, comendo comida de TV com borboun e Coca Zero.

Meu reflexo apareceu deformado na vitrine da loja enquanto pedalávamos. Os holofotes piscavam uma luz amarela, e o único som era o estalar dos raios da roda abaixo de nós. Pedalamos assim para lá e para cá, e por um estúpido momento, pareceu que aquela faixa de concreto chamada rua Principal era tudo que já tínhamos possuído, tudo o que nos sustentava. A névoa baixou, difratou a luz da rua em grandes órbitas de Van Gogh. O Trevor, à frente, ficou de pé na bicicleta, braços abertos dos dois lados, e gritou: "Eu estou voando! Ei, eu estou voando!" A voz dele falhou enquanto ele imitava a cena do *Titanic* em que a menina fica na proa do navio. "Eu estou voando, Jack!", ele gritou.

Depois de um tempo, o Trevor parou de pedalar e deixou a bicicleta deslizar até parar, braços do lado do corpo.

"Estou morrendo de fome."

"Eu também", eu disse.

"Tem um posto de gasolina lá em cima." Ele apontou para um posto da Shell à nossa frente. Cercado pela imensa noite, parecia uma espaçonave que tivesse caído na rua.

Lá dentro, vimos dois x-eggs girarem juntos no micro-ondas. A velhinha branca no balcão perguntou para onde estávamos indo.

"Pra casa", Trevor disse. "A minha mãe está presa no engarrafamento, então a gente está só fazendo um lanchinho até ela chegar em casa pro jantar." A mulher me olhou rapidamente enquanto entregava o troco para ele. A mãe do Trevor tinha se mudado para o Oklahoma com o namorado fazia uns cinco anos.

Na varanda de um consultório de dentista, em frente a uma lanchonete Friendly's fechada, tiramos os sanduíches da embalagem. Papel-alumínio quente crepitando em nossas mãos. Mastigamos, olhamos pelas janelas da lanchonete, onde um pôster de um sundae fazia propaganda de um medonho "Colossal Barco de Duende", de março. Segurei meu sanduíche fechado, deixando que o vapor embaçasse a visão.

"Você acha que a gente ainda vai fazer coisas juntos quando tiver cem anos?", eu disse sem pensar.

Ele jogou a embalagem, que o vento levou de volta para o topo de um arbusto ao lado dele. Na hora me arrependi de ter perguntado. Engolindo, ele disse: "As pessoas não vivem até cem anos." Ele rasgou um sachê de ketchup, espremeu uma fina linha vermelha em cima do sanduíche.

"Verdade", acenei com a cabeça.

Depois ouvi a gargalhada. Veio de uma casa na rua atrás da gente. As vozes nítidas de crianças, duas, talvez três, depois a de um homem — um pai? Estavam brincando no quintal. Não era uma brincadeira, exatamente, mas uma personificação de uma vaga empolgação, do tipo que só crianças muito pequenas conhecem, na qual o prazer percorre a criança simplesmente por correr em um campo vazio ainda não reconhecido, como um minúsculo quintal numa parte de merda da cidade.

Pelos gritinhos estridentes, elas não tinham mais de seis anos, uma idade em que você pode entrar em êxtase só por estar em movimento. Eles eram sininhos postos para cantar, aparentemente, pelo próprio ar. "Já deu. Por hoje já deu", disse o homem, e as vozes imediatamente foram sumindo. O som de uma porta batendo. O silêncio voltou a inundar. O Trevor do meu lado, a cabeça dele nas mãos.

Pedalamos para casa, os postes de luz aqui e ali sobre nossas cabeças. Aquele foi um dia púrpura – nem bom nem mau, mas algo pelo qual passamos. Eu pedalei mais rápido, eu me movi, brevemente descontraído. O Trevor, do meu lado, cantava a música do 50 Cent.

A voz dele parecia estranhamente juvenil, como se estivesse vindo de uma época antes de a gente se conhecer. Como se eu pudesse me virar e ver um menino com uma jaqueta jeans lavada pela mãe, cheiro de sabão pairando e passando pelos cabelos ainda louros acima das bochechas roliças de nenê, a bicicleta com rodinhas chacoalhando no asfalto.

Comecei a cantar junto com ele.

"*Many men, many, many, many, many men.*"

Nós cantamos, quase gritando a letra, o vento aparando nossas vozes. Dizem que uma música pode ser uma ponte, Mãe. Mas eu digo que também pode ser o chão em que a gente fica em pé. E pode ser que a gente cante para evitar cair. Pode ser que a gente cante para continuar sendo o que a gente é.

"*Wish death 'pon me, Lord I don't cry no more, don't look to the sky no more. Have mercy on me.*"

Nas salas de estar azuis por onde a gente passou, o jogo de futebol americano perdia o fôlego.

"*Blood in my eye dawg and I can't see.*"*

Nas salas de estar azuis, teve gente que ganhou e teve gente que perdeu.

Assim, o outono passou.

---

* Sangue nos meus olhos meu chapa e eu não consigo enxergar. (N. do T.)

★ ★ ★

Numa vida de uso único, não existem segundas chances. Isso é uma mentira, mas a gente vive nela. A gente vive de qualquer maneira. Isso é uma mentira, mas o menino abre os olhos. O quarto um borrão cinza--azulado. Música atravessando as paredes. Chopin, a única coisa que ela escuta. O menino sai da cama, e os cantos do quarto giram sobre um eixo, como um navio. Mas ele sabe que isso também é uma peça que ele está pregando em si mesmo. No corredor, onde a lâmpada derrama luz em uma bagunça negra de vinis em 45 rotações, ele procura por ela. No quarto dela, as cobertas sobre a cama estão jogadas, o edredom de renda rosa, no chão. A luz noturna, meio desatarraxada do bocal, pisca e pisca. O piano pinga suas pequenas notas, como chuva sonhando que está completa. Ele vai até a sala. A vitrola perto da namoradeira salta girando um disco que há muito já chegou ao fim, a estática mais intensa à medida que ele se aproxima. Mas o Chopin continua, em algum lugar fora de alcance. Ele segue o som, a cabeça inclinada em busca da fonte. E lá, na mesa da cozinha, ao lado do galão de leite derrubado, o líquido caindo em fios brancos como uma toalha de mesa em um pesadelo, um olho vermelho piscando. O toca-fitas que ela comprou na Goodwill, que cabe no bolso do avental enquanto ela trabalha, que ela coloca debaixo da fronha durante tempestades, os *Noturnos* mais altos a cada trovoada. O toca-fitas está na poça de leite, como se a música tivesse sido composta apenas para ele. No corpo de uso único do menino, tudo é possível. Por isso ele cobre o olho com o dedo, para ter certeza de que ele ainda é real, depois pega o rádio. A música nas mãos dele pingando leite, ele abre a porta da frente. É verão. Os cachorros de rua para lá da ferrovia latem, o que significa que algo, um coelho ou um gambá, acabou de abandonar sua vida e entrar no mundo. As notas do piano se infiltram no peito do menino enquanto ele vai até o quintal. Porque algo nele sabia que ela estaria lá. Que ela estava esperando. Porque é isso que as mães fazem. Elas esperam. Elas ficam imóveis até que seus filhos pertençam a outras pessoas.

Como era de se esperar, lá está ela, parada no limite do quintal, no alambrado, ao lado de uma bola de basquete furada, de costas para ele. Os ombros são mais estreitos do que ele se lembra de horas atrás, quando ela o colocou na cama, os olhos dela vítreos e rosados. A camisola, feita de uma camiseta grande demais, está rasgada nas costas, expondo a omoplata, branca como uma maçã cortada ao meio. Um cigarro flutua à esquerda da cabeça dela. Ele anda até ela. Anda até sua mãe com música nos braços, tremendo. Ela está encurvada, distorcida, minúscula, como se esmagada pelo ar.

"Eu te odeio", ele diz.

Ele a estuda, para ver o que a linguagem pode fazer – mas ela continua imóvel. Só vira a cabeça até metade do caminho. O cigarro, sua cabeça âmbar, sobe até os lábios dela, depois flutua perto do queixo.

"Não quero mais que você seja minha mãe." A voz dele estranhamente mais profunda, mais plena.

"Está me ouvindo? Você é um monstro."

E nesse ponto a cabeça dela é cortada dos ombros.

Não, ela está se curvando, examinando algo entre seus pés. O cigarro flutua no ar. Ele tenta pegá-lo. A sensação de queimadura que ele espera não vem. Ao invés disso, a mão formiga. Abrindo a mão, ele descobre o corpo do vaga-lume mutilado, o sangue verde escurecendo em sua pele. Ele olha para cima – só há ele e o rádio ao lado de uma bola de basquete murcha no meio de verão. Os cães agora em silêncio. E cheios.

"Mãe", ele diz para ninguém, os olhos se enchendo de água, "eu não falei a sério."

"Mãe!", ele diz, dando passos rápidos. Ele derruba o rádio, que cai com a frente na terra, e se vira para a casa. "Mãe!" Ele entra correndo, a mão ainda molhada com uma vida de uso único, procurando por ela.

Então eu te contei a verdade. Era um domingo cinzento. A manhã toda o céu tinha ameaçado um aguaceiro. O tipo de dia, eu esperava, em que seria fácil decidir sobre o vínculo entre duas pessoas – um clima tão sombrio que veríamos um ao outro, você e eu, com alívio, um rosto familiar tornado mais luminoso do que lembrávamos tendo como pano de fundo uma luz melancólica.

Dentro do Dunkin' Donuts resplandecente, duas xícaras de café preto fumegavam entre nós. Você olhou pela janela. A chuva partia a rua enquanto os carros voltavam do culto na rua Principal. "O pessoal parece que gosta dessas SUVs hoje em dia." Você percebeu a caravana de carros no drive-thru. "Todo mundo quer sentar cada vez mais alto." Teus dedos tamborilavam sobre a mesa.

"Quer açúcar, Mãe?", eu perguntei. "Ou creme, ou na verdade, quem sabe um donut? Ah, não, você gosta de croissant..."

"Diga o que você tem que dizer, Cachorrinho." Teu tom moderado, lacrimoso. A fumaça da tua xícara deu ao teu rosto uma expressão incerta.

"Eu não gosto de meninas."

Eu não queria usar a palavra vietnamita para isso – pê-đê – do francês pédé, abreviação de pederasta. Antes da ocupação francesa, nosso vietnamita não tinha um nome para corpos *queer* – porque eles eram vistos, como todo corpo, como sendo de carne e vindo de uma única fonte – e eu não queria apresentar essa parte de mim usando o epíteto para criminosos.

Você piscou algumas vezes.

"Você não gosta de meninas", você repetiu, fazendo que sim com a cabeça, distraída. Dava para ver as palavras percorrendo você, te pressionando contra a cadeira. "Então do *que* você gosta? Você tem dezessete anos. Você não gosta de nada. Você não *conhece* nada", você disse, arranhando a mesa.

"Meninos", eu disse, controlando a minha voz. Mas a palavra pareceu morta na minha boca. A cadeira rangeu quando você se inclinou para frente.

"Chocolate! Eu quero chocolate!" Um grupo de crianças com camisetas verde-água grandes demais, que acabavam de voltar, a julgar pelas sacolas de papel cheias de maçã, de um passeio para colhê-las, entrou na loja, enchendo o ambiente de gritinhos animados.

"Eu posso ir embora, Mãe", eu ofereci. "Se você não me quiser eu posso ir. Eu não vou ser um problema e ninguém precisa saber... Mãe, diz alguma coisa." Na xícara meu reflexo ondulava sob uma pequena maré negra. "Por favor."

"Me diga", você disse por trás da palma da mão no teu queixo, "você vai usar vestido agora?"

"Mãe..."

"Eles vão te matar", você balançou a cabeça, "você sabe disso."

"Quem vai me matar?"

"Eles matam gente por usar vestido. Está no noticiário. Você não conhece as pessoas. Não conhece."

"Eu não vou, mãe. Prometo. Olha, eu nunca usei vestido antes, certo? Por que eu ia usar agora?"

Você olhou para os dois buracos no meu rosto. "Você não precisa ir para lugar nenhum. Somos só você e eu, Cachorrinho. Eu não tenho mais ninguém." Teus olhos estavam vermelhos.

As crianças do outro lado da loja estavam cantando "O velho MacDonald tinha uma fazenda", suas vozes, naquela alegria fácil, irritantes.

"Conte pra mim", você endireitou o corpo, um olhar preocupado no rosto, "quando foi que isso tudo começou? Eu pari um menino saudável, normal. Isso eu sei. Quando?"

Eu tinha seis anos, na primeira série. A escola que eu frequentava era uma igreja luterana remodelada. Com a cozinha sempre em reforma, o almoço era servido no ginásio, as linhas da quadra de basquete em arco sob nossos pés enquanto sentávamos às mesas improvisadas: carteiras escolares reunidas em grupos. Todo dia os funcionários entravam empurrando carrinhos com caixas imensas cheias de refeições de prato único congeladas: uma massa vermelho-amarronzada em um quadrado branco embrulhado em papel-alumínio. Os quatro micro-ondas em que fazíamos fila zumbiam durante todo o período do almoço enquanto as refeições eram derretidas uma a uma, saindo sibilantes, borbulhando e fumaceando, para nossas mãos à espera.

Sentei com meu quadrado de mingau ao lado de um menino com uma camisa polo amarela e um penteado preto. O nome dele era Gramoz e a família dele, eu soube mais tarde, veio para Hartford da Albânia depois do colapso da União Soviética. Mas nada disso importava naquele dia. O que importava era que ele não tinha um quadrado branco com mingau cinzento, e sim uma sacola térmica turquesa lustrosa com fita de velcro, de onde ele tirou uma bandeja de bagels sabor pizza, cada um da forma de uma joia gigante.

"Quer um?", ele disse casualmente, mordendo o dele.

Eu era muito tímido para pôr a mão. Gramoz, vendo isso, pegou a minha mão, virou a palma para cima, e colocou um bagel nela. Era mais pesado do que eu tinha imaginado. E de algum modo, ainda estava quente. Mais tarde, no recreio, eu segui Gramoz aonde quer que ele fosse. Duas barras atrás dele no trepa-trepa, grudado nele quando ele subiu a escada para o escorregador amarelo em espiral, os tênis brancos dele piscando a cada passo.

De que outro modo eu poderia recompensar o menino que me deu meu primeiro bagel sabor pizza, senão me tornando sua sombra? O problema é que meu inglês, na época, ainda era inexistente. Eu não tinha como falar com ele. E mesmo que eu soubesse falar, o que eu poderia dizer? Para onde eu o estava seguindo? Para quê? Talvez o que eu buscasse não fosse um destino, mas simplesmente uma continuação. Ficar perto de Gramoz era ficar dentro da circunferência de seu ato de bondade, era voltar no tempo, à hora do almoço, àquela pizza pesada na minha mão.

Um dia, no escorregador, Gramoz se virou, o rosto vermelho e sem fôlego, e gritou: "Para de me seguir, seu esquisitão! Qual é o teu problema?" Não foram as palavras, mas o olhar dele, semicerrado como se fazendo mira, que me fez entender.

Uma sombra separada de sua fonte, parei no topo do escorregador e vi o penteado brilhante dele ficar cada vez menor no túnel, antes de sumir, sem vestígios, no som do riso das crianças.

Quando achei que tinha acabado, que tinha me livrado da minha carga, você disse, pondo o café de lado: "Agora eu tenho uma coisa pra te contar."

Minha mandíbula travou. Não era para ser uma troca, uma barganha. Fiz que sim com a cabeça enquanto você falava, fingindo estar disposto a ouvir.

"Você tem um irmão mais velho." Você tirou os cabelos da frente dos olhos, sem piscar. "Mas ele morreu."

As crianças continuavam lá, mas eu já não ouvia as vozes pequenas, efêmeras delas.

Nós estávamos trocando verdades, eu percebi, o que significa dizer, estávamos cortando um ao outro. "Olhe pra mim. Você precisa saber disso." Você estava com uma expressão séria. Teus lábios uma linha violeta.

Você continuou. Certa vez você teve um filho crescendo dentro de você, um filho para o qual você deu um nome, um nome que você não vai repetir. O filho dentro de você começou a se mexer, os membros percorrendo a circunferência da tua barriga. E você cantava para ele, falava com ele, como fez comigo, contou segredos para ele que nem o teu marido sabia. Você tinha dezessete anos e estava no Vietnã, a mesma idade que eu tinha agora sentado à tua frente.

Tuas mãos agora se dobraram como binóculos, como se o passado fosse algo que precisasse ser caçado. A mesa molhada debaixo de você. Você secou com um guardanapo, depois continuou falando, contando sobre 1986, o ano em que meu irmão, teu filho, surgiu. Como, com quatro meses de gravidez, quando o rosto do bebê se torna um rosto, o teu marido, meu pai, pressionado pela família dele, te forçou a abortar o bebê.

"Não tinha nada para comer", você continuou, o queixo ainda sobre a mão apoiada na mesa. Um homem que estava a caminho do banheiro pediu para passar. Sem erguer os olhos, você abriu caminho. "As pessoas estavam colocando serragem no arroz para fazer render. Você tinha sorte quando tinha ratos pra comer."

Você falou com cuidado, como se a história fosse uma chama nas tuas mãos em meio ao vento. As crianças finalmente tinham ido embora – só sobrou um casal mais velho, duas protuberâncias de cabelos brancos por trás dos jornais.

"Ao contrário do teu irmão", você disse, "você só nasceu quando a gente tinha certeza de que você ia viver."

Semanas depois do Gramoz me dar o bagel de pizza, você comprou minha primeira bicicleta: uma Schwinn rosa-choque com rodinhas de treinamento e serpentinas nos guidões que farfalhavam, como minúsculos pompons, mesmo quando eu pedalava, como muitas vezes fazia, na mesma velocidade que faria a pé. Ela era rosa-choque porque aquela era a bicicleta mais barata da loja.

Naquela tarde, pedalando no estacionamento do nosso conjunto habitacional, a bicicleta travou até parar. Quando olhei para baixo tinha um par de mãos agarrando o guidão. Elas pertenciam a um menino, que devia ter uns dez anos, o rosto gordo e úmido sobre um torso grande e corpulento. Antes de eu entender o que estava acontecendo, a bicicleta virou ao contrário e eu caí de bunda no asfalto. Você tinha subido para ver como estava a Lan. De trás do menino, saiu um garoto menor com cara de fuinha. O fuinha gritou, uma chuva de saliva fazendo um arco- -íris diante dele na luz do sol em declive.

O garoto grande pegou um chaveiro e começou a raspar a tinta da minha bicicleta. Saía fácil, em fagulhas róseas. Fiquei ali, sentado, vendo o concreto ficar salpicado com pedaços de rosa enquanto ele feria os ossos da bicicleta com o chaveiro. Eu queria gritar, mas não sabia gritar em inglês. Então não fiz nada.

Foi nesse dia que aprendi como uma cor pode ser perigosa. Que um garoto podia ser derrubado daquela cor e ser obrigado a prestar contas de sua transgressão. Mesmo que a cor não seja nada, apenas o que a luz revela, esse *nada* tem leis, e um menino numa bicicleta rosa precisa aprender, sobretudo, a lei da gravidade.

Naquela noite, na cozinha com a lâmpada nua, eu me ajoelhei do teu lado e vi você pintar, em longas pinceladas rápidas, com precisão de perita, por cima das cicatrizes de cobalto ao longo da bicicleta, o tubo de esmalte rosa firme e bem preso na tua mão.

"No hospital, me deram um frasco de comprimidos. Tomei por um mês. Para ter certeza. Depois de um mês, aquilo devia sair. Ele devia sair, digo."

Eu queria ir embora, dizer chega. Mas o preço de confessar, eu aprendi, é que você recebe uma resposta.

Um mês depois de começar a tomar as pílulas, quando ele já devia ter ido embora, você sentiu uma pontada lá dentro. Eles te levaram às pressas para o hospital de novo, dessa vez para o pronto-socorro. "Senti ele chutando enquanto eles me faziam rodopiar pelas salas cinzentas, a tinta descascando nas paredes. O hospital ainda cheirava a fumaça e gasolina da guerra."

Tendo apenas injetado Novocaína entre as tuas coxas, as enfermeiras entraram com um longo instrumento de metal, e simplesmente "rasparam o meu bebê de dentro de mim, como sementes de um mamão".

Foi essa imagem, sua praticidade mundana, o preparo de uma fruta que eu vi você fazer mil vezes, a colher deslizando pela polpa laranja do mamão, um lodo de sementes negras caindo na pia de aço, que tornou a coisa insuportável. Coloquei o capuz do meu moletom branco na cabeça.

"Eu vi ele, Cachorrinho. Eu vi o meu bebê, só de relance. Uma mancha marrom a caminho do recipiente."

Estendi minha mão sobre a mesa e toquei no teu braço.

Bem nessa hora, uma música do Justin Timberlake começou a tocar nas caixas de som, os frágeis falsetos entremeados por pedidos de café, borras de café sendo despejadas em cestos de lixo de borracha. Você olhou para mim, depois para além de mim.

Quando teus olhos voltaram para mim, você disse: "Foi em Saigon que eu ouvi Chopin pela primeira vez. Sabia disso?" O teu vietnamita abruptamente mais leve, pairando. "Eu devia ter seis ou sete anos. O sujeito do outro lado da rua era um pianista treinado em Paris. Ele colocava o Steinway no pátio e tocava de noite com o portão aberto. E o cachorro dele, um cachorrinho preto, acho que dessa altura, ficava em pé e começava a dançar. As patinhas, que mais pareciam gravetos, batiam na poeira do chão em círculos, mas o homem jamais olhava para o cão, sempre mantinha os olhos fechados enquanto tocava. Esse era o poder dele. Ele não ligava para o milagre que fazia com as mãos.

Eu ficava sentada na rua e via algo que eu achava ser mágica: a música transformando um animal em uma pessoa. Eu olhava para o cachorro, as costelas aparecendo, dançando música francesa e pensava que qualquer coisa podia acontecer. Qualquer coisa." Você cruzou as mãos sobre a mesa, uma mistura de tristeza e agitação no gesto. "Mesmo quando o homem parava, ia até o cão abanando o rabo, e colocava o petisco na boca aberta do cachorro, provando mais uma vez que era a fome, só a fome, não a música, que dava ao cão a sua habilidade humana, eu continuava acreditando. Que qualquer coisa podia acontecer."

A chuva, obediente, começou de novo. Eu me recostei e vi a água distorcer as janelas.

Às vezes, quando estou desatento, penso que sobreviver é fácil; é só continuar indo em frente com o que você tem, ou com o que restou do que te deram, até alguma coisa mudar – ou você perceber, enfim, que você pode mudar sem desaparecer, que a única coisa que você precisava fazer era esperar a tempestade passar por você e você descobre que – sim – o teu nome continua atrelado a uma coisa viva.

Uns meses antes de nossa conversa no Dunkin' Donuts, jogaram ácido no rosto de um garoto de catorze anos na zona rural do Vietnã que colocou uma carta de amor no armário da escola de outro menino. No verão passado, Omar Mateen, nativo da Flórida, de vinte e oito anos, entrou em uma boate de Orlando, ergueu o rifle automático e abriu fogo. Quarenta e nove pessoas morreram. Era uma boate gay e os meninos, porque era isso que eles eram – filhos, adolescentes –, tinham a minha aparência: uma coisa colorida que nasceu de uma mãe, vasculhando no escuro, em busca um do outro, atrás da felicidade.

Às vezes, quando estou desatento, acredito que a ferida é também o lugar em que a pele reencontra a si mesma, perguntando à outra ponta, onde você esteve?

Onde a gente esteve, Mãe?

* * *

O peso médio de uma placenta é de aproximadamente 700 gramas. Um órgão descartável onde nutrientes, hormônios e excreções passam entre a mãe e o feto. Assim, a placenta é uma espécie de linguagem – talvez a nossa primeira, nossa verdadeira língua materna. Aos quatro ou cinco meses, a placenta do meu irmão já estava plenamente desenvolvida. Vocês dois estavam conversando – por meio de enunciados de sangue.

"Ele me procurou, sabe."

A chuva lá fora tinha parado. O céu uma vasilha vazia.

"Ele te procurou?"

"O meu menino, ele me procurou em um sonho, mais ou menos uma semana depois do hospital. Ele estava sentado na porta. A gente ficou se olhando por um tempo, depois ele se virou e foi embora, andando pela rua. Eu acho que ele só queria saber como eu era, como a mãe dele era. Eu era uma menina. Meu deus... Meu deus, eu tinha dezessete anos."

Na faculdade um professor uma vez insistiu, numa digressão em uma aula sobre *Otelo*, que, para ele, homens gays são inerentemente narcisistas, e que narcisismo evidente pode ser um sinal de homossexualidade em homens que ainda não aceitaram suas "tendências". Embora estivesse furioso na minha cadeira, a ideia não parava de escavar em mim. Será que, tantos anos atrás, eu tinha seguido Gramoz no pátio da escola simplesmente por ele ser menino, e portanto um espelho de mim mesmo?

Mas se fosse o caso – por que não? Talvez a gente olhe espelhos não meramente em busca de beleza, independentemente de quão ilusória, mas para ter certeza, apesar dos fatos, de que continuamos aqui. De que o corpo assombrado em que nos movemos ainda não foi aniquilado, eliminado. Ver que você ainda é *você* é um refúgio que não pode ser conhecido por homens que não foram negados. Li que a beleza historicamente exigiu ser replicada. Fazemos em maior quantidade qualquer coisa que nos pareça esteticamente agradável, seja um vaso, uma pintura, um cálice, um poema. Reproduzimos essas coisas para mantê-las, para estendê-las pelo espaço e pelo tempo. Olhar para aquilo que agrada – um afresco, uma cadeia de montanhas cor de pêssego avermelhado, um garoto, a verruga no queixo dele – é, em si, uma réplica – a imagem prolongada no olho, fazendo com que ela seja mais, fazendo com que ela dure. Olhando no espelho, eu me replico em um futuro onde posso não existir. E sim, não eram bagels de pizza, tantos anos atrás, que eu queria do Gramoz, mas uma réplica. Porque a oferta dele me ampliou, ao me tornar algo digno de generosidade, e assim me fez ser visto. Foi exatamente esse *mais* que eu queria prolongar, para o qual eu queria voltar.

Não é acidente, Mãe, que a vírgula pareça um feto – aquela curva de continuidade. Todos nós estivemos em certo momento dentro de nossas mães, dizendo, com todo o nosso ser curvado e silente, mais, mais, mais. Quero insistir que estarmos vivos é belo o suficiente para ser digno de réplica. E daí? E daí se tudo o que eu fiz da minha vida foi mais dela mesma?

"Eu tenho que vomitar", você disse.

"O quê?"

"Eu tenho que vomitar." Você se ergue correndo e vai para o banheiro.

"Ah, meu deus, você está falando sério", eu disse, indo atrás de você. No banheiro, você se ajoelhou no único vaso e imediatamente vomitou. Embora teu cabelo estivesse preso em um coque, eu me ajoelhei e, com dois dedos, segurei as duas ou três mechas de cabelo solto num gesto basicamente obrigatório. "Você está bem, Mãe?", eu falei com a tua nuca.

Você vomitou de novo, tuas costas convulsionando debaixo da minha mão. Só quando vi o urinol do lado da tua cabeça cheio de pelos púbicos eu percebi que a gente estava no banheiro masculino.

"Vou comprar água para você." Dei um tapinha nas tuas costas e levantei.

"Não", você respondeu, o rosto vermelho, "limonada." Eu preciso de uma limonada.

Nós deixamos o Dunkin' Donuts mais pesados com o que soubemos um do outro. Mas o que você não sabia era que, na verdade, eu *tinha* usado um vestido antes – e que voltaria a usar. Que semanas antes, eu tinha dançado em um velho celeiro de tabaco com um vestido vermelho-vinho enquanto meu amigo, um garoto esguio com o olho arrebentado, assistia atordoado. Eu tinha resgatado o vestido do teu guarda-roupa, aquele que você comprou para o teu aniversário de trinta e cinco anos mas nunca usou. Rodopiei no tecido transparente enquanto o Trevor, empoleirado numa pilha de pneus, batia palmas entre tragadas em um baseado, nossas clavículas iluminadas vivamente por um par de telefones celulares colocados no chão recoberto por mariposas mortas.

Naquele celeiro, pela primeira vez em meses, nós não estávamos com medo de ninguém – nem de nós mesmos. Você dirige o Toyota para casa, eu em silêncio ao teu lado. Parece que a chuva vai voltar hoje à noite e toda a cidade vai ser enxaguada, as árvores nas laterais das vias expressas pingando na escuridão metálica. Durante o jantar, eu vou afastar a cadeira e, tirando o capuz, um pedacinho de feno que ficou ali das semanas que eu tinha passado no celeiro vai ficar grudado no meu cabelo preto. Você vai estender a mão, tirar o feno dali, e sacudir a cabeça enquanto olha o filho que você decidiu manter.

A sala de estar estava miseravelmente imersa em risos. Na TV do tamanho de um micro-ondas, uma comédia retumbava uma alegria vazia e fabricada em que ninguém acreditava. Ninguém exceto o pai do Trevor, ou melhor, não bem acreditava, mas se rendia a ela, dando risadinhas na poltrona do papai, a garrafa de uísque Southern Comfort como se fosse um cristal de desenho animado no colo dele. Toda vez que ele a erguia, o marrom era drenado, até que apenas as cores deformadas da TV passavam pelo vidro vazio. Ele tinha um rosto cheio e cabelo cortado curto com gel, mesmo a essa hora. Parecia o Elvis no último dia de vida. O carpê debaixo dos pés dele brilhante como óleo vazado pelos anos de uso.

Nós estávamos atrás do velho, sentados num sofá improvisado resgatado de um Dodge Caravan que deu perda total, passando um litro de Sprite de um para o outro, rindo e mandando mensagens para um menino de Windsor que a gente nunca tinha visto. Mesmo daqui, dava para sentir o cheiro dele, forte da bebida e dos charutos baratos, e a gente fingia que ele não estava aqui.

"Vamos, ria." O pai do Trevor mal se mexia, mas a voz dele ressoava. Dava para sentir atravessar a poltrona. "Vamos, ria do teu pai. Vocês todos riem que nem focas."

Olhei para a parte de trás da cabeça dele, rodeada pela pálida luz da TV, mas não vi nenhum movimento.

"A gente não tá rindo de você, cara." O Trevor estremeceu e colocou o celular no bolso. As mãos dele caíram do lado do corpo como se alguma coisa as tivesse empurrado para fora dos joelhos. Ele olhou para as costas da poltrona. De onde a gente estava sentado, só dava para ver um fragmento da cabeça do sujeito, um tufo de cabelo e uma parte da bochecha, branca como peru fatiado.

"Agora você vai me chamar de *cara*, hein? Você é grande, é isso? Você acha que eu estou doido mas eu não estou, moleque. Eu ouço você. Eu vejo coisas." Ele tossiu; uma chuva de uísque. "Não esqueça que eu fui o melhor treinador de focas no SeaWorld. Orlando, 1985. A tua mãe estava na arquibancada e ficou de pé com a minha apresentação. Meu batalhão de focas. Eu era o general. Era assim que ela me chamava. General. Quando eu mandava rir, elas riam."

Um infomercial zumbiu no aparelho. Algo sobre uma árvore de Natal inflável que dava para você guardar no bolso. "Quem é o idiota que vai querer andar com uma porra de árvore de Natal no bolso? Cansado desse país." A cabeça dele caiu para um lado, fazendo uma terceira dobra de gordura aparecer no pescoço. "Ei, aquele chinesinho tá com você, não é? Eu sei. Eu ouço o guri. Ele não fala, mas eu escuto ele." O braço dele levantou e eu senti o espasmo do Trevor pelo estofo do banco. O velho tomou mais um trago, a garrafa vazia há muito tempo, mas limpou a boca mesmo assim.

"O teu tio James. Você lembra do James, certo?"

"É, meio que lembro", o Trevor conseguiu dizer.

"Como é?"

"Sim, senhor."

"Isso aí." O velho se afundou mais na poltrona, a cabeça brilhando. O calor do corpo dele parecia irradiar, enchendo o ar. "Bom sujeito, feito de ossos, o teu tio. Ossos e sal. Detonou com eles naquela floresta. Fez a parte dele pra gente. Queimou os caras. Sabia disso, Trev? É assim que a coisa é." Ele voltou a ficar parado, os lábios se mexiam sem afetar qualquer parte do rosto. "Ele já te contou? Como queimou quatro deles numa valeta com gasolina? Ele me contou isso na noite do casamento dele, acredita?"

Olhei para o Trevor mas só vi a nuca dele, o rosto escondido entre os joelhos. Ele estava amarrando as botas de um jeito agressivo, as pontas de plástico do cadarço passando pelos vãos enquanto os ombros dele sacudiam.

"Mas agora isso mudou. Eu sei disso. Não sou burro, guri. Eu sei que você também me odeia. Eu sei."

[risos na TV]

"Vi tua mãe faz duas semanas. Dei as chaves do depósito da Windsor Locks pra ela. Não sei por que ela levou tanto tempo pra pegar a porra dos móveis dela. Oklahoma não fez tão bem praquela lá." Ele fez uma pausa. Tomou outro gole fantasma. "Eu te criei bem, Trev. Eu sei disso."

"Você tá fedendo pra cacete." O rosto do Trevor ficou como uma pedra.

"Como é? O que eu disse..."

"Eu disse que você tá fedendo pra cacete, cara." A TV iluminou o rosto de Trevor de cinza, exceto pela cicatriz no pescoço, de um tom avermelhado-escuro que nunca mudou. A cicatriz é de quando ele tinha nove anos; o velho, num ataque de raiva, atirou com uma pistola de pregos na porta da frente, e a coisa ricocheteou. Sangue tão vermelho, tão espalhado, que foi Natal em junho, ele me contou.

"Você me ouviu." O Trevor largou o Sprite no chão, deu um tapinha no meu peito, indicando que a gente estava saindo.

"Você vai falar assim agora?", o velho engasgou, olhos presos na tela.

"E se eu for, você vai fazer o quê?", o Trevor disse. "Vai nessa, faz alguma coisa, me faz *queimar*." Trevor deu um passo na direção da poltrona. Ele sabia de alguma coisa que eu não sabia. "Terminou?"

O velho suspirou, imóvel. O resto da casa estava escuro e quieto, como um hospital à noite. Depois de um momento, ele falou, em um estranho agudo queixoso. "Eu agi bem, meu amor." Os dedos dele remexeram no braço da poltrona. Os personagens do seriado dançaram sobre o cabelo escorregadio dele.

Acho que vi o Trevor fazer que sim com a cabeça uma ou duas vezes, mas a TV podia estar me pregando peças.

"Você é que nem o James. É isso mesmo. Eu sei. Você gosta de queimar, você vai queimar eles." A voz dele hesitou. "Tá vendo aquilo? Aquele é o Neil Young. Uma lenda. Um guerreiro. Você é como ele, Trev." Ele fez um gesto na direção do pôster perto do corredor enquanto a porta fechava, sem um clique. Saímos para o ar gelado, andamos até as nossas bicicletas, o velho gralhando, a voz abafada atrás de nós.

O asfalto se movia sob os pneus. Não dissemos nada enquanto os bordos, iluminados por lâmpadas de sódio, se avolumavam vermelhos e sem vento acima de nós. Era uma sensação boa sair da presença do pai dele.

Pedalamos ao longo do rio Connecticut com a noite irrompendo, a lua recém-chegada ao topo dos carvalhos, suas bordas enevoadas por um outono extemporaneamente quente. A corrente se agitava com espuma branca à nossa direita. De vez em quando, depois de duas ou três semanas sem chuva, um corpo emergia das profundezas do rio, um lampejo esbranquiçado de um ombro tocando a superfície, e as famílias cozinhando nas margens paravam, e um silêncio se abatia sobre as crianças, e aí alguém gritava "Meu deus, meu deus", e outra pessoa ligava para a polícia. E às vezes é alarme falso: uma geladeira enferrujada e manchada de líquen até ficar da cor de um rosto moreno. E às vezes são peixes, boiando de barriga para cima aos milhares sem motivo, a face do rio iridescente à noite.

Vi todas as quadras da nossa cidade que você estava ocupada demais no trabalho para conhecer, quadras onde aconteciam coisas. Coisas que mesmo o Trevor, que viveu a vida toda desse lado do rio, do lado branco, aquele em que eu estava pedalando agora, jamais viu. Vi as luzes na avenida do Asilo, onde antes havia um asilo (que na verdade era uma escola para surdos) que incendiou matando metade de uma ala em mil oitocentos e alguma coisa e que até hoje ninguém sabe o que causou. Mas eu conheço como sendo a rua em que o meu amigo Sid morava com a família depois de eles chegarem da Índia, em 1995. Lembro como a mãe dele, que era professora em Nova Délhi, inchava os pés diabéticos para vender facas de caça da Cutco para ganhar noventa e nove dólares por semana – em dinheiro. Tinha os irmãos Canino, cujo pai estava na cadeia aparentemente cumprindo duas perpétuas por passar em frente a um policial rodoviário a 110 km/h num trecho da interestadual 91 em que a máxima era 100 km/h. Isso e os vinte papelotes de heroína e a Glock debaixo do banco do passageiro. Mesmo assim, mesmo assim. Tinha a Marin, que andava quarenta e cinco minutos de ônibus na ida e quarenta e cinco na volta para trabalhar na Sears em Farmington, que sempre tinha ouro em volta do pescoço e das orelhas, cujo salto alto sempre batia como o mais lento e deliberado aplauso quando ela ia até a esquina comprar cigarros e Cheetos, o pomo de adão saliente, mostrando o dedo do meio para os caras que gritavam *veado* para ela, que gritavam *hermafrodita*. Quem diria, de mãos dadas com a filha ou filho: "Eu vou te matar, sua puta, vou te retalhar, a Aids vai te levar. Não durma hoje à noite, não durma hoje à noite, não durma hoje à noite. Não durma."

Passamos pelo conjunto habitacional na avenida New Britain onde moramos por três anos. Onde eu pedalei minha bicicletinha rosa com rodinhas para lá e para cá nos corredores de linóleo para que os meninos do quarteirão não me batessem por gostar de uma coisa rosa. Devo ter passado por aqueles corredores cem vezes por dia, a campainha soando quando eu chegava na parede em cada extremidade. O sr. Carlton, o sujeito que morava no último apartamento, ficava saindo e gritando comigo todo dia. "Quem é você? O que você está fazendo aqui? Por que você não vai fazer isso lá fora? Quem é você? Você não é minha filha! Você não é a Destiny! Quem é você?" Mas tudo isso, o conjunto inteiro, é passado agora, substituído por uma Associação Cristã de Moços, até mesmo o estacionamento do conjunto (onde ninguém estacionava, porque ninguém tinha carro), tomado por mato de mais de um metro de altura, é passado, tudo demolido e transformado em um jardim comunitário com espantalhos feitos de manequins jogados fora pela loja de 1,99 da Bushnell. Famílias inteiras nadam e jogam handebol onde a gente dormia. As pessoas dão braçadas estilo borboleta no lugar em que o sr. Carlton acabou morrendo, sozinho, na cama dele. Lembro que ninguém ficou sabendo por semanas até que o andar inteiro começou a feder e uma equipe da SWAT precisou vir (não sei por quê) para arrombar a porta com armas. Lembro que as coisas do sr. Carlton ficaram um mês inteiro ao ar livre numa caçamba de ferro nos fundos, e um pônei de madeira pintado a mão, com a língua para fora ficava espiando com a cabeça acima do topo da caçamba na chuva.

    O Trevor e eu continuamos pedalando, passamos pela rua da Igreja, onde a irmã do Big Joe teve uma overdose, depois pelo estacionamento atrás do MEGA-ARMAZÉM DO AMOR onde o Sasha teve uma overdose, no parque onde o Jake e o B-Rab tiveram uma overdose. Mas o B-Rab sobreviveu, acabou sendo pego, anos mais tarde, roubando laptops na Faculdade Trinity e pegou quatro anos de cadeia – sem direito a condicional. O que era barra pesada, *especialmente* para um garoto branco dos subúrbios. Tinha o Nacho, que perdeu a perna direita na Guerra do Golfo e que você encontrava no fim de semana usando um skate para deslizar debaixo de carros erguidos com macacos na Oficina Automotiva Maybelle onde ele trabalhava. Onde ele tirou um bebê bonitinho corado berrando de dentro do porta-malas de um Nissan que deixaram nos fundos da oficina durante uma nevasca. Lembro que ele deixou as muletas caírem e embalou o bebê com as duas mãos e o ar o sustentou pela primeira vez em anos enquanto a neve caía, depois se ergueu de novo do chão brilhando tanto que, durante uma enevoada e misericordiosa hora, todo mundo na cidade esqueceu por que estava tentando sair de lá.

    Tem a Mozzicato's na Franklin, onde comi meu primeiro cannoli. Onde nada que eu conheci morreu. Para onde eu fiquei sentado olhando pela janela numa noite de verão do quinto andar do nosso prédio, e o ar estava quente e doce como hoje, e tinha as vozes baixas dos casais, seus All-Stars e Nike Air Force Ones batendo uns contra os outros nas escadas de incêndio enquanto eles trabalhavam para fazer o corpo falar suas outras línguas, o som dos fósforos, ou as chamas acesas nos isqueiros com a forma e o brilho das 9 milímetros ou das Colt .45, que era o modo como a gente transformava a morte numa piada, como a gente reduzia o fogo ao tamanho de gotas de chuva de desenho animado, depois as sugávamos pela ponta de cigarrilhas, como mitos. Porque uma hora o rio sobe aqui. Ele transborda para reivindicar tudo e para nos mostrar o que perdemos, como sempre fez.

Os raios das rodas estalavam. O cheiro de esgoto das plantas aquáticas feriu meus olhos pouco antes de o vento fazer com ele o mesmo que faz com o nome dos mortos, varrendo para trás de mim.

Atravessamos o rio, deixamos tudo isso para trás, os raios nos levando cada vez mais para dentro dos subúrbios. Quando chegamos ao asfalto de East Hartford, o cheiro de fumaça de madeira que vinha das colinas desceu e abriu nossas mentes. Olhei para as costas do Trevor enquanto a gente pedalava, sua jaqueta marrom dos correios, que o pai dele ganhou por trabalhar ali uma semana antes de tomar uma caixinha de seis cervejas no intervalo e acordar lá pela meia-noite em uma pilha de caixas de papelão, já meio roxas à luz do luar.

Fomos até a rua Principal. Quando chegamos à fábrica de envase da Coca-Cola, o letreiro de neon ardendo imenso sobre o prédio, o Trevor gritou: "Foda-se a Coca-Cola! Sprite pra sempre, filho da puta!" Ele olhou para trás e deu uma risada entrecortada. "É isso aí, fodam-se eles", eu ofereci. Mas ele não escutou.

As luzes da rua foram ficando mais fracas e a calçada levava a um acostamento de grama, o que significava que a gente estava indo para as colinas, para as mansões. Logo estávamos enfiados nos subúrbios, em South Glastonbury, e as luzes das casas começaram a aparecer, primeiro como faíscas laranja esvoaçando em meio às árvores, mas à medida que chegávamos mais perto, cresciam para se transformar em folhas amplas e gordas de ouro. Dava para espiar pelas janelas, janelas que não tinham grades de ferro, cortinas escancaradas. Mesmo da rua dava para ver candelabros faiscantes, mesas de jantar, luminárias multicoloridas da Tiffany com vidro decorativo no quebra-luz. As casas eram tão grandes que você podia olhar todas as janelas sem nunca ver alguém.

Enquanto subíamos a rua, colina acima, o céu sem estrelas se abriu, as árvores lentamente recuaram, e as casas foram ficando cada vez mais distantes uma da outra. Um grupo de vizinhos era separado por todo um pomar, cujas maçãs já começavam a apodrecer nos campos, sem ninguém para colher. As frutas rolavam pelas ruas, onde a polpa explodia, amassada e marrom, sob os carros que passavam.

Paramos no topo de uma das colinas, exaustos. A luz da lua avaliava o pomar a nossa direita. As maçãs brilhavam ligeiramente nos seus galhos, caindo aqui e ali em baques rápidos, seu cheiro ruim fermentado em nossos pulmões. Em meio aos carvalhos do outro lado da rua, rãs emitiam seus sons ásperos. Deixamos as bicicletas caírem e sentamos em uma cerca de madeira na beira da rua. O Trevor acendeu um cigarro, tragou, olhos fechados, depois passou a ponta cor de rubi para meus dedos. Fumei mas tossi, minha saliva densa do esforço de pedalar. A fumaça aqueceu meus pulmões, e meus olhos se fixaram num grupo de mansões no pequeno vale à nossa frente.

"Dizem que o Ray Allen mora aqui", Trevor disse.

"O jogador de basquete, certo?"

"Ele jogou na UConn. O cara provavelmente tem duas casas aqui em cima."

"Pode ser que ele more naquela ali", eu disse, apontando o cigarro para a única casa sem luzes no limite do vale. A casa era quase invisível, não fosse pela decoração branca nas laterais, como o esqueleto de uma criatura pré-histórica. Pode ser que o Ray Allen esteja fora, eu pensei, jogando na NBA e ocupado demais para morar aí. Devolvi o cigarro.

"Se o Ray Allen fosse meu pai", ele disse, olhos ainda fixos no mausoléu, "essa ia ser a minha casa e você podia vir e dormir aqui sempre que quisesse."

"Você já tem um pai."

Ele jogou a bituca na rua e olhou para longe. Ela caiu e virou uma fenda laranja no asfalto, depois apagou.

"Esquece aquele sujeito, carinha", o Trevor olhou para mim, afável, "ele não merece."

"Não merece o quê?"

"Que a gente se irrite, cara. Ah, maravilha!" Ele tirou um míni Snickers do bolso do casaco. "Devia estar aqui desde o halloween."

"Quem disse que eu me irritei?"

"Ele tem lá as coisas dele, sabe?" Ele apontou o Snickers para a cabeça. "A bebida deixa ele nervoso."

"Sei. Imagino." As rãs pareciam mais distantes, menores.

Um tipo de silêncio se aguçou entre nós.

"Ei, não faz essa parada de ficar em silêncio, cara. Isso é coisa de veado. Quer dizer..." Um suspiro de frustração escapou dele. Ele deu uma mordida no Snickers.

Em resposta eu abri a minha boca. Ele pôs o chocolate do tamanho de um dedão na minha língua, limpou os lábios com o pulso, e olhou para longe.

"Vamos embora daqui", eu disse, mastigando.

Ele estava prestes a falar alguma outra coisa, os dentes dele como pílulas cinzentas à luz da lua, depois levantou e foi cambaleando até a bicicleta. Eu peguei a minha, o aço já úmido de orvalho, e foi aí que eu vi. Na verdade, o Trevor viu primeiro, engasgando quase imperceptivelmente. Eu me virei e nós dois ficamos ali encostados nas nossas bicicletas.

Era Hartford. Era um aglomerado de luz que pulsava com uma força que eu nunca percebi que a cidade tinha. Talvez pelo fato de que a respiração dele fosse tão nítida para mim na época, o modo como eu imaginava o oxigênio na sua garganta, seus pulmões, os brônquios e os vasos sanguíneos se expandindo, o modo como ele se movia por todos os lugares que eu jamais vou ver, eu siga voltando a essa medida mais básica da vida, mesmo muito tempo depois de ele ter partido.

Mas agora, a cidade transborda diante de nós com um estranho e raro brilho – como se não fosse uma cidade, mas as fagulhas produzidas por algum deus que afiasse sobre nós as suas armas.

"Puta que pariu", o Trevor sussurrou. Ele colocou as mãos nos bolsos e cuspiu no chão.

"Puta que pariu."

A cidade latejava, brilhava. Então, tentando estalar os dedos para sair daquilo, ele disse: "Foda-se a Coca-Cola."

"Isso. Sprite pra sempre, otários", eu acrescentei, sem saber na época o que eu sei hoje: que a Coca-Cola e a Sprite eram fabricadas pela mesma merda de empresa. Que não importa quem você seja ou o que você ama ou o que você defende, no fim é sempre Coca-Cola.

A picape do Trevor enferrujada e sem licença.

O Trevor com dezesseis anos; calça jeans listrada de sangue de corça.

O Trevor rápido demais e não rápido o suficiente.

O Trevor agitando o boné John Deere na entrada da garagem enquanto você passa com a tua bicicletinha rangendo.

O Trevor que deu o dedo do meio pra uma caloura e depois jogou a roupa íntima dela no lago *por diversão*.

Porque era verão. Porque as tuas mãos

estavam úmidas e Trevor é um nome que parece um motor ligando no meio da noite. Que saiu de fininho para encontrar um menino como você. Amarelo e que mal estava lá. O Trevor a oitenta por hora no trigal do pai dele. Que enfia todas as batatas fritas no Whopper e mastiga com os dois pés no acelerador. Teus olhos fechados, no banco da frente, o trigo um confete amarelo.

Três sardas no nariz dele.

Três pontos num menino-frase.

O Trevor que prefere Burger King a McDonald's porque o cheiro de fumaça na carne *faz aquilo ser de verdade.*

O Trevor com seus dentes salientes batendo na bombinha dele enquanto ele inalava, olhos fechados.

O Trevor *eu gosto mais de girassóis. Eles crescem tanto.*

O Trevor com uma cicatriz igual a uma vírgula no pescoço, sintaxe de próxima coisa próxima coisa próxima coisa.

Imagine ir tão alto e ainda se abrir assim tão grande.

O Trevor carregando o rifle com duas balas por vez.

É tipo meio corajoso, eu acho. Como se você estivesse com a cabeça cheia de sementes e sem braços pra se defender.

Os braços magros e duros dele fazendo mira na chuva.

Ele toca na língua negra do gatilho e você jura que sente o gosto do dedo dele na tua boca

quando ele aperta. O Trevor apontando para o pardal de uma só asa se debatendo na terra preta e que atira nele

por ser algo novo. Algo fumegante como uma palavra. Como um Trevor que bateu na tua janela às três da manhã, que você achou que estava sorrindo até ver a faca que ele segurava com a boca. *Eu fiz isso, eu fiz isso pra você*, ele disse, a faca subitamente na tua mão. O Trevor mais tarde

nos degraus da tua casa na aurora cinzenta. O rosto dele nos braços. *Eu não quero*, ele disse. Ele ofegando. O cabelo dele balançando. Os cabelos um borrão. *Por favor, me diz que eu não sou*, ele disse através do som das articulações dos dedos, que ele estalava como a palavra *Mas mas mas*. E você dá um passo para trás. *Por favor me diz que eu não sou*, ele disse, *eu não sou*

veado. Eu sou? Eu sou? Você é?

Trevor o caçador. Trevor o carnívoro, o caipira, que não é

gay, atirador, bom de tiro, que não é frutinha nem boiola. O Trevor que come carne mas não

vitela. *Vitela nunca. Puta que pariu, nunca mais* depois que o pai contou pra ele a história de quando ele tinha sete anos, na mesa, vitela assada com alecrim. Como aquilo era feito. Como a diferença entre a vitela e um bife eram os filhos. A vitela são os filhos

da vaca, são bezerros. Eles são trancados em caixas do tamanho deles. Uma caixa-corpo, como um caixão, mas vivos, como uma casa. Os filhos, a vitela, ficam bem parados porque a maciez depende de o mundo ter tocado pouco em você. Para ficar macio, o peso da tua vida não pode ficar sobre teus ossos.

A gente adora comer coisas macias, o pai dele disse olhando bem nos olhos do Trevor. O Trevor que nunca come uma criança. O Trevor a criança com uma cicatriz que nem uma vírgula no pescoço. Uma vírgula em que você

põe a boca agora. Aquele gancho violeta segurando dois pensamentos completos, dois corpos completos sem sujeitos. Só verbos. Quando você diz *Trevor* você está se referindo à ação, ao polegar preso no isqueiro Bic, o som das botas dele

no capô do Chevy desbotado de sol. A coisa viva e úmida arrastada para a caçamba da caminhonete atrás dele.

O teu Trevor, o teu *homem* moreno mas com braços-louros-empoeirados te puxando para dentro da caminhonete. Quando você diz Trevor você quer dizer que você é a caça, um mal que ele não pode recusar porque *isso é bom, meu bem. Isso é de verdade.*

E você queria que fosse verdade, ser engolido por aquilo que te afoga só para emergir, transbordando pela boca. Que é beijar.

Que não é nada

se você esquecer.

A língua dele na tua garganta, o Trevor fala por você. Ele fala e você escurece, uma lanterna apagando nas mãos dele, por isso ele bate na tua cabeça para que o brilho não desapareça. Ele te faz virar para cá e para lá tentando encontrar o caminho dele em meio à mata escura.

A mata escura...

que tem limites, como os corpos. Como o bezerro

esperando na sua casa-caixão. Sem janela – mas com uma abertura para oxigênio. Nariz rosado pressionado contra a noite de outono, inalando. O fedor desinfetado de grama cortada, a rua de piche e cascalho, doçura áspera de folhas numa fogueira, os minutos, a distância, o adubo mundano da mãe na plantação ao lado.

Trevos. Sassafrás. Abeto. Murta escocesa.

O menino. O óleo de motor. O corpo, ele se enche. E a tua sede transborda aquilo que a contém. E a tua ruína, você achava que seria nutrição para ele. Que ele ia se banquetear nisso e se transformar em uma besta em que você poderia se esconder.

Mas toda caixa será aberta a seu tempo, na linguagem. A linha interrompida,

como o Trevor, que olhou por tempo demais para o teu rosto, dizendo *Onde eu estou? Onde eu estou?*

Porque a essa altura havia sangue na tua boca.

A essa altura a caminhonete tinha dado perda total num carvalho empoeirado, fumaça no capô. O Trevor, hálito de vodca e esquelético, disse *A sensação é boa*. Disse *Não sai daqui*

enquanto o sol deslizava rumo às árvores. *A sensação não é boa?* Enquanto as janelas ficavam vermelhas como alguém vendo através de olhos fechados.

O Trevor que te mandou uma mensagem de texto depois de dois meses de silêncio...

escrevendo *por favor* ao invés de *pfv*.

O Trevor que estava fugindo de casa, do pai maluco dele. *Que estava caindo fora*. Calça Levi's ensopada. Que fugiu para o parque porque onde mais quando você tem dezesseis.

Que você encontrou na rua, debaixo de um escorregador de metal em formato de hipopótamo. Cujas botas geladas você tirou e depois cobriu, um a um, cada dedo sujo e frio, com a tua boca. Do jeito que a tua mãe fazia quando você era pequeno e estava tremendo.

Porque ele estava tremendo. O teu Trevor. Tua carne cem por cento americana, mas nada de vitela. O teu John Deere. Um veio de jade no queixo: relâmpago silenciado que você contorna com os dentes.

Porque ele tinha o gosto do rio e talvez você estivesse a uma asa de afundar.

Porque o bezerro espera tão calmo na sua jaula

para ser vitela.

Porque você se lembrou

e a memória é uma segunda chance.

Vocês dois dormindo debaixo do escorregador: duas vírgulas sem palavras, enfim, para afastar um do outro.

Vocês que rastejaram para fora dos destroços do verão como filhos deixando os corpos de suas mães.

Um bezerro numa caixa, esperando. Uma caixa mais apertada do que um útero. A chuva caindo, seus martelos sobre o metal como um motor acelerando. A noite parada no ar violeta, um bezerro

se arrastando dentro dela, cascos macios como borrachas, o sino em seu pescoço tocando

e tocando. A sombra de um homem crescendo sobre ele. Um homem com as chaves, as vírgulas das portas. A tua cabeça no peito do Trevor. O bezerro sendo levado por uma corda, como ele estaca

para respirar, o nariz pulsando com sassafrás estonteante. O Trevor dormindo

ao teu lado. Respirações constantes. Chuva. Calor jorrando pela camisa xadrez dele como vapor saindo dos flancos do bezerro enquanto você escuta o sino tilintando pelo campo inundado de estrelas, o som brilhando

como uma faca. O som enterrado fundo no peito do Trevor e você escuta.

Aquele tilintar. Você ouve como um animal

aprendendo a falar.

III

Estou no trem para Nova York. Na janela meu rosto não me deixa, paira sobre as cidades varridas pelo vento enquanto o trem atravessa estacionamentos empilhados com cascas de carros e tratores oxidados, quintais e suas repetidas pilhas de lenha apodrecida, os montes oleosos se enlameando, forçados contra o emaranhado de alambrados, depois petrificados no lugar. Atravessa um depósito grafitado atrás do outro, pintados de branco, depois grafitados de novo, as janelas há tanto tempo estilhaçadas que o vidro não está sobre o solo ao redor, janelas pelas quais se pode observar, e vislumbrar, para além da escuridão vazia do lado de dentro, o céu, onde antes houve um muro. E lá, passando Bridgeport, fica a única casa de madeira no meio de um estacionamento do tamanho de dois campos de futebol, as linhas amarelas indo na direção da varanda malcuidada.

O trem passa por todas elas, essas cidades que eu passei a conhecer apenas pelo que sai delas, eu incluso. A luz no rio Connecticut é a coisa mais brilhante na tarde nublada. Estou nesse trem porque estou voltando para Hartford.

Pego o meu celular. E uma enxurrada de mensagens inunda a tela, bem como eu esperava.

    soube do trev?
    vê teu fb
    é sobre a picape do Trevor

pqp para com isso horrível me liga c quiser
acabei de ver, pqp
vou ligar pra Ashley pra ter certeza
só me diz que vc tá bem
velório domingo
foi o trev agora? sabia

Sem motivo nenhum, mando uma mensagem para ele: *Trevor me desculpa volta*, depois desligo o celular, apavorado com a ideia de ele responder.

Já é de noite quando eu chego à Union Station. Em Hartford. Fico no estacionamento sujo enquanto as pessoas passam correndo pela garoa para entrar em táxis à espera. Faz cinco anos e três meses desde que o Trevor e eu nos conhecemos, desde o celeiro, desde o jogo dos Patriots em meio à estática do rádio, desde o capacete do exército no chão empoeirado. Espero sozinho sob um toldo o ônibus que vai me levar para o outro lado do rio, para a cidade que tem tudo do Trevor exceto o próprio Trevor.

Não falei para ninguém que vinha. Eu estava na aula de Literatura Ítalo-Americana em uma faculdade municipal no Brooklyn quando vi, no celular, um post no perfil do Trevor, escrito pelo pai dele. O Trevor tinha morrido na noite anterior. *Estou partido em dois*, a mensagem dizia. Em dois, era a única coisa em que eu conseguia pensar, sentado na minha cadeira – como perder alguém pode nos tornar mais, nós os vivos, como isso pode nos tornar dois.

Peguei minha mochila e saí da sala de aula. A professora, que discutia uma passagem do *Cristo em concreto*, de Pietro di Donato, parou, olhou para mim, à espera de uma explicação. Quando não dei nenhuma, ela continuou, a voz dela me seguindo enquanto eu saía às pressas do prédio. Fui andando até a parte norte da cidade, passando pelo East Side, seguindo o trem 6 até a Grand Central.

Em dor – sim, assim é melhor. A frase seria *Estou partido em dor*.

As luzes do ônibus fazem parecer que você está em um consultório de dentista deslizando pelas ruas molhadas. Uma mulher atrás de mim tosse intermitentemente entre explosões de francês com inflexões havaianas. Tem um sujeito ao lado dela – marido, irmão? – que raramente fala exceto por um ocasional "A-hã" ou "Bien, bien". Na via expressa, as árvores de outubro passam num borrão, os galhos alisando um céu cor de púrpura. Entre eles, os postes de luz de cidades sem som ficam dependurados em meio à neblina. Atravessamos uma ponte e um posto de gasolina à margem da pista deixa um neon latejando na minha cabeça.

Quando a escuridão do ônibus volta, olho para meu colo e ouço a voz dele. *Você devia ficar*. Olho para cima e vejo o tecido rasgando no teto da caminhonete dele, a espuma amarela vazando pelo rasgo, e estou de volta ao banco do passageiro. Estamos em meados de agosto e estacionamos em frente a um restaurante em Wethersfield. O ar à nossa volta é vermelho, ou talvez seja assim que todas as noites, representadas na minha memória dele, aparecem. Espancadas.

"Você devia ficar", ele diz, olhando para o outro lado do estacionamento, o rosto lambuzado de óleo de motor do turno de trabalho dele na Pennzoil, em Hebron. Mas nós dois sabemos que eu estou indo embora. Estou indo para Nova York, para a faculdade. O sentido do nosso encontro era justamente se despedir, ou melhor, só ficar lado a lado, um adeus de presença, do modo que os homens supostamente devem fazer.

A gente ia ao restaurante para comer waffles, "em nome dos velhos tempos", ele disse, mas quando a gente chega lá, nenhum dos dois se mexe. Dentro do restaurante, um caminhoneiro está sentado sozinho com um prato de ovos. Do outro lado, um casal de meia-idade está apertado em uma mesa, rindo, braços animados sobre sanduíches gigantes. Uma única garçonete flutua entre as duas mesas. Quando a chuva começa, o vidro os deforma, de modo que apenas as sombras, as cores deles, como pinturas impressionistas, permanecem.

"Não fique com medo", a voz dele diz. Ele olha para as pessoas brilhando no restaurante. A ternura no tom dele me prende ao banco, a cidade desbotada. "Você é esperto", ele diz. "Você vai matar a pau em Nova York." A voz dele soa inacabada. E é aí que eu percebo que ele está drogado. É aí que vejo as marcas no braço dele, as veias abauladas e pretas nos pontos em que as agulhas se alimentaram.

"Ok", eu digo, quando a garçonete levanta para esquentar o café do caminhoneiro. "Ok, Trevor", como se concordando com uma tarefa.

"Eles são velhos pra caralho e ainda estão tentando." Ele quase ri.

"Quem?" eu me viro para ele.

"O casal. Eles ainda estão tentando ser felizes." Ele está falando enrolado, olhos cinzentos como água de torneira. "Tá chovendo pra cacete e eles ali comendo sanduíche e tentando acertar." Ele cospe no copo vazio e deixa escapar uma risadinha curta, exausta. "Aposto que eles comem o mesmo sanduíche há eras."

Sorrio, sem motivo.

Ele se recosta no banco, deixa a cabeça rolar para um lado, e deixa sair um sorriso de ah-qual-é. Ele começa a mexer na fivela sobre a calça jeans.

"Qual é, Trev. Você está chapado. Melhor não, ok?"

"Eu detestava quando você me chamava de Trev." Ele deixa as mãos caírem, elas ficam sobre o colo dele como raízes tiradas da terra. "Você acha que eu tô fodido?"

"Não", eu murmuro, virando para o outro lado. Encosto a minha testa na janela, onde meu reflexo paira sobre o estacionamento, a chuva o atravessando. "Acho que você é simplesmente você."

Eu não sabia que aquela seria a última vez que eu ia ver o Trevor, a cicatriz no pescoço iluminada de azul pelo neon do letreiro da lanchonete. Ver aquela pequena vírgula de novo, colocar minha boca ali, deixar minha sombra ampliar a cicatriz até que, enfim, não houvesse cicatriz nenhuma a ser vista, só uma imensa escuridão homogênea selada por meus lábios. Uma vírgula superposta por um ponto que a boca faz tão naturalmente. Isso não é a coisa mais triste do mundo, Mãe? Uma vírgula forçada a ser um ponto?

"Oi", ele diz, sem virar a cabeça. A gente tinha decidido, pouco depois de se conhecer que, como nossos amigos já estavam morrendo de overdoses, a gente nunca ia dizer tchau ou boa noite.

"Oi, Trevor", eu falo nas costas do meu pulso, mantendo-o ali. O motor liga, gagueja, atrás de mim, a mulher tosse. Estou dentro do ônibus de novo, olhando para o tecido perfurado azul do banco à minha frente.

Desço na rua Principal e imediatamente vou para a casa do Trevor. Ando como se estivesse atrasado em relação a mim mesmo, como se estivesse correndo atrás. Mas o Trevor já não é um destino.

Percebendo, tarde demais, que é inútil aparecer sem avisar na casa de um garoto morto para ser recebido apenas pelo pai fodido-pelo--luto, continuo andando. Chego à esquina da Harris com a Magnolia, onde viro, por hábito ou por estar possuído, no parque, atravesso os três campos de beisebol, a terra subindo úmida e fresca sob as minhas botas. Chuva nos meus cabelos, escorrendo pelo rosto, pelo colarinho. Eu me apresso rumo à rua do outro lado do parque, ando nela até o beco sem saída, onde fica a casa, tão cinza que a chuva quase a reivindica, suas bordas roçando o clima.

Nos degraus da entrada, tiro as chaves da minha mochila e abro a porta, empurrando. É quase meia-noite. A casa me manda uma onda de calor, misturada com o almíscar doce de roupas velhas. Tudo quieto. A TV da sala de estar zune no mudo, seu azul toma o sofá vazio, um saquinho de amendoins comido pela metade. Desligo a TV, subo a escada, viro na direção do quarto. A porta está entreaberta, deixando ver o brilho de um abajur em forma de concha. Empurro para abrir.

Você está deitada, não na tua cama, mas no chão, num tapete feito de cobertas dobradas. Teu trabalho no salão de manicure deixou tuas costas tão tensas que a cama ficou macia demais para manter tuas articulações no lugar durante uma noite de sono.

Engatinho do teu lado no tapete. A chuva, acumulada no meu cabelo, cai e suja teus lençóis brancos. Deito, de frente para a cama, minhas costas voltadas para as tuas. Você acorda assustada.

"Quê? O que você está fazendo? Meu deus, você está molhado... as tuas roupas, Cachorrinho... o quê? O que está acontecendo?" Você senta, puxa meu rosto para perto de você. "O que aconteceu com você?"

Sacudo a cabeça, sorrio de um jeito estúpido.

Você me esquadrinha em busca de respostas, procurando cortes, apalpando meus bolsos, debaixo da minha camisa.

Lentamente, você se deita do teu lado. O espaço entre nós fino e frio como o vidro de uma janela. Eu me viro para o outro lado – ainda que o que eu mais queira seja te contar tudo.

É nesses momentos, perto de você, que eu invejo as palavras por fazerem aquilo que a gente jamais pode fazer – o modo como elas podem dizer tudo sobre si mesmas simplesmente ficando paradas, simplesmente *sendo*. Imagine que eu pudesse me deitar do teu lado e meu corpo inteiro, cada célula, irradiasse um sentido claro, singular, não tanto um escritor quanto uma palavra encostada em você.

Tem uma palavra sobre a qual o Trevor me contou uma vez, uma palavra que ele aprendeu com o Buford, que serviu na Marinha, no Havaí, durante a Guerra da Coreia: kipuka. O trecho de terra que é poupado depois que o rio de lava desce uma colina – uma ilha formada por aquilo que sobrevive ao menor dos apocalipses. Antes de a lava descer, queimando o musgo na colina, aquele pedaço de terra era insignificante, apenas mais um trecho em meio a uma massa de verde. É só por resistir que ele ganha seu nome. Deitado no tapete com você, não consigo evitar o desejo de que nós sejamos nosso próprio kipuka, nossa própria posteridade, visível. Mas eu sei que não é assim. Você coloca uma mão viscosa no meu pescoço: loção de lavanda. A chuva tamborila nas calhas ao redor da casa. "O que foi, Cachorrinho? Pode me contar. Vai, você está me assustando."

"Odeio ele, Mãe", eu sussurro em inglês, sabendo que as palavras te isolam de mim. "Odeio ele. Odeio ele." E eu começo a chorar.

"Por favor, eu não sei o que você está dizendo. O que foi?"

Estendo a mão para trás, pegando dois dos teus dedos, e comprimo meu rosto no buraco debaixo da cama. Na outra ponta, perto da parede, longe demais para que alguém alcance, uma garrafa d'água vazia, uma única meia amarrotada e com uma camada de pó. Oi.

Querida Mãe...

Deixa eu começar de novo.

Estou escrevendo porque é tarde.

Porque são 9h52 da noite de uma terça e você deve estar indo a pé para casa depois do turno da noite.

Eu não estou com você porque estou em guerra. O que é um jeito de dizer que já é fevereiro e o presidente quer deportar meus amigos. É difícil de explicar.

Pela primeira vez em muito tempo estou tentando acreditar no paraíso, em um lugar em que a gente possa estar junto depois que tudo isso ~~passar~~ explodir.

Dizem que todo floco de neve é diferente – mas a nevasca, ela cobre todo mundo do mesmo jeito. Um amigo na Noruega me contou uma história sobre um pintor que saiu durante uma tempestade, à procura do tom certo de verde, e nunca voltou.

Estou escrevendo porque eu não sou quem está de partida, eu sou quem está voltando, de mãos vazias.

Uma vez você me perguntou o que significa ser um escritor. Então vamos lá.

Sete dos meus amigos estão mortos. Quatro de overdose. Cinco, se você contar o Xavier que tombou o Nissan dele a 120 por hora usando um lote ruim de fentanil.

Eu não comemoro mais o meu aniversário.

Faça o longo caminho para casa comigo. Dobre à esquerda na Walnut, onde você vai ver o Mercado Boston, onde eu trabalhei por um ano quando tinha dezessete (depois da fazenda de tabaco). Onde o patrão evangélico – aquele com os poros do nariz imensos a ponto de migalhas de biscoito do almoço se alojarem neles – nunca permitia que a gente fizesse intervalo. Com fome num turno de sete horas, eu me trancava no armário das vassouras e enchia a boca com broa de milho que eu contrabandeava no meu avental preto do uniforme.

Deram oxicodona para o Trevor quando ele quebrou o tornozelo fazendo saltos de bicicleta na terra no meio da floresta um ano antes de a gente se conhecer. Ele tinha quinze anos.

A oxicodona, produzida em escala comercial pela primeira vez pela Purdue Pharma, em 1996, é um opioide, basicamente heroína em forma de comprimidos.

Eu nunca quis dar corpo a uma obra, mas preservar esses corpos, os nossos corpos, vivos e esquecidos, dentro da obra.

Pegar ou largar. O corpo, digo.

Dobre à esquerda na rua Harris, onde tudo que restou da casa que queimou naquele verão durante uma tempestade é um terreno baldio com um alambrado.

As ruínas mais verdadeiras não são postas no papel. A garota que a Vó conheceu lá em Go Cong, aquela que usava sandálias cortadas dos pneus de um jipe incendiado do exército que foi apagada por um ataque aéreo três semanas antes de a guerra acabar – ela é uma ruína para a qual ninguém tem como apontar. Uma ruína sem lugar, como uma linguagem.

Depois de um mês com oxicodona, o tornozelo do Trevor ficou bom, mas ele estava completamente viciado.

Em um mundo infinito como o nosso, o olhar é um ato singular: olhar para algo é preencher toda a minha vida com aquilo, ainda que brevemente. Uma vez, depois do meu aniversário de catorze anos, agachado entre os assentos de um ônibus escolar abandonado, enchi a minha vida com uma carreira de cocaína. Uma letra "I" branca brilhou no couro destruído do assento. Dentro de mim o "I" virou um canivete – e algo se dilacerou. Minha barriga fez força, mas era tarde demais. Em minutos, me tornei mais eu mesmo. O que significa dizer que a parte monstruosa de mim ficou tão grande, tão familiar, que eu podia desejá-la. Eu podia beijá-la.

A verdade é que nenhum de nós se basta o bastante. Mas isso você já sabe.

A verdade é que eu vim aqui esperando encontrar um motivo para ficar.

Às vezes esses motivos são pequenos: o jeito que você pronuncia espaguete como "bahgeddy".

A estação já vai terminar – o que significa que as rosas de inverno, plenamente desabrochadas ao lado do banco nacional, são bilhetes de suicida.

Anote isso.

Dizem que nada dura para sempre, mas eles só têm medo de que dure por mais tempo do que eles podem amar.

Você está aí? Ainda andando?

Dizem que nada dura para sempre e eu estou te escrevendo na voz de uma espécie ameaçada.

A verdade é que eu estou preocupado que capturem a gente antes de *capturem a gente*.

Me diz onde dói. Te dou minha palavra.

Lá em Hartford, eu costumava andar à toa pelas ruas à noite, sozinho. Insone, eu me vestia, escalava a janela – e simplesmente saía andando.

Em algumas noites eu ouvia um animal se arrastando, invisível, atrás dos sacos de lixo, ou o vento inesperadamente forte acima da cabeça, o farfalhar dos galhos de um bordo fora do campo de visão. Mas basicamente havia apenas meus passos no asfalto fumegando de chuva recém-caída, o cheiro do piche de mais de uma década, ou a terra em um campo de beisebol debaixo de umas poucas estrelas, o suave roçar da grama na sola dos meus Vans no canteiro central de uma via expressa.

Mas uma noite eu ouvi outra coisa.

Através da janela sem luzes de um apartamento no nível da rua, a voz de um homem em árabe. Reconheci a palavra *Alá*. Eu sabia que era uma oração pelo tom que ele usava para elevá-la, como se a língua fosse o menor suporte com o qual uma palavra como aquela pudesse ser oferecida. Imaginei a palavra flutuando sobre a cabeça dele enquanto eu ficava ali, sentado na sarjeta, esperando pelo tilintar suave que eu sabia que viria. Eu queria que a palavra caísse, como um parafuso em uma guilhotina, mas ela não caiu. A voz dele, ela ficou cada vez mais alta, e minhas mãos, elas ficavam mais rosadas a cada inflexão. Olhei minha pele ficar mais intensa até que, enfim, olhei para cima – e era a aurora. Tinha acabado. Eu ardia no sangue da luz.

Salat al-fajr: uma oração antes do nascer do sol. "Todo aquele que fizer a oração da aurora em congregação", disse o profeta Maomé, "é como se ele tivesse orado a noite toda."

Eu quero acreditar, andando naquelas noites sem objetivo, que eu estava orando. Por qual motivo eu ainda não tenho certeza. Mas eu sempre senti que estava logo à minha frente. Que se eu andasse o bastante, por tempo bastante, eu encontraria o motivo – talvez até o sustentasse, como uma língua no final de sua palavra.

Desenvolvida inicialmente como analgésico para pacientes com câncer passando por quimioterapia, a oxicodona, tanto a original quanto as genéricas, logo passou a ser receitada para todo tipo de dor no corpo: artrite, espasmos musculares e enxaquecas.

Trevor gostava de *Um sonho de liberdade* e de jujubas, de Call of Duty e do cachorro dele, um border collie caolho, a Mandy. O Trevor que, depois de um ataque de asma, disse, encurvado e ofegante, "acho que acabei de enfiar um pinto gigante na garganta", e nós dois gargalhamos como se não fosse dezembro e a gente não estivesse debaixo de um viaduto esperando a chuva passar no caminho de casa depois de ir ao programa do governo que distribuía agulhas para viciados. O Trevor era um garoto com um nome, que queria ir para a faculdade comunitária para estudar fisioterapia. O Trevor era um cara que estava sozinho no quarto quando morreu, cercado por pôsteres do Led Zeppelin. O Trevor era um menino de vinte e dois anos. O Trevor era.

A causa oficial da morte, eu soube depois, foi uma overdose de heroína batizada com fentanil.

Uma vez, numa conferência de escritores, um homem branco me perguntou se a destruição era necessária para a arte. A pergunta era sincera. Ele se inclinou para a frente, o olhar azul sob o boné onde se lia em bordado dourado *Veterano do Vietnã para Sempre*, o tanque de oxigênio ligado ao nariz sibilando ao lado dele. Olhei para ele do jeito que olho para todo veterano daquela guerra, pensando que ele podia ser meu avô, e disse não. "Não, senhor. A destruição não é necessária para a arte." Eu disse isso não porque tivesse certeza, mas porque achei que dizer ia me ajudar a acreditar nisso.

Mas por que a linguagem da criatividade não pode ser a linguagem da regeneração?

Esse poema é matador, a gente diz. Você matou o pau. Você escreveu esse romance com a faca nos dentes. Estou arrasando nesse parágrafo, estou destruindo, a gente diz. Mandei ver naquela oficina. Não deixei pedra sobre pedra. Acabei com os caras. Aniquilamos a concorrência. Numa eleição, o estado, onde as pessoas vivem, vira um campo de batalha. O público é um público-alvo. "Que ótimo, cara", um sujeito me disse uma vez numa festa – você está detonando na poesia. Os caras estão se rendendo a você.

Uma tarde, assistindo à TV com a Lan, vimos um rebanho de búfalos correr, em fila indiana, e se jogar de um desfiladeiro, uma série inteira de animais furiosos se jogando ruidosamente montanha abaixo em Technicolor. "Por que eles se matam assim?", ela se perguntou, a boca aberta. Como de costume, eu inventei alguma coisa na hora: "Não é por querer, Vó. Eles só estão seguindo a família deles. Só isso. Eles não sabem que tem um penhasco."

"Então talvez devessem colocar uma placa de Pare."

Tinha muitas placas de Pare na nossa rua. Nem sempre elas estiveram lá. Tinha essa mulher chamada Marsha na nossa rua. Ela estava acima do peso, e o cabelo era como o de uma viúva de fazendeiro, um tipo de mullet com franjas grossas. Ela tinha dois meninos, ela te disse da porta da rua, e quer a criançada toda brincando na rua em segurança.

Os filhos dela eram o Kevin e o Kyle. O Kevin, dois anos mais velho que eu, teve overdose de heroína. Cinco anos depois, o Kyle, o mais novo, também morreu de overdose. Depois disso a Marsha se mudou para um estacionamento de trailers em Coventry com a irmã. A placa de Pare continua lá.

A verdade é que a gente não precisa morrer se não tiver vontade.

Brincadeirinha.

★ ★ ★

Lembra aquela manhã, depois de uma noite nevando, quando a gente encontrou as letras GAYPRASEMPRE em tinta vermelha de spray na nossa porta da frente?

Os pingentes de gelo brilhavam ao sol e tudo parecia bonito e prestes a quebrar.

"O que isso quer dizer?", você perguntou, sem casaco e tremendo. "Está dizendo 'Feliz Natal', Mãe", eu disse, apontando. "Tá vendo? Por isso que está em vermelho. Para dar sorte."

Dizem que o vício pode estar associado a um transtorno bipolar. É a química do cérebro, dizem. Eu tenho a química errada, Mãe. Ou melhor, eu não tenho o suficiente de um ou outro elemento químico. Existe um comprimido para isso. Existe uma indústria. Eles ganham milhões. Sabia que tem gente que fica rica com a tristeza? Quero conhecer o milionário da tristeza americana. Quero olhar nos olhos dele, dar um aperto de mãos, e dizer: "Foi uma honra servir o meu país."

O fato é, eu não quero que a minha tristeza seja isolada de mim, assim como não quero que minha alegria seja isolada. As duas são minhas. Fui eu que fiz as duas, cacete. E se a felicidade que eu sinto não for outro "episódio bipolar", mas algo pelo qual eu lutei muito? Talvez eu fique pulando pra lá e pra cá e te dê um beijo forte no pescoço quando chego em casa e descubro que tem pizza para jantar porque às vezes jantar pizza é mais do que o suficiente, é o meu farol mais leal e mais frágil. Que tal se eu estiver correndo para fora de casa porque a luz hoje está imensa como nos livros infantis e *absurda* sobre o topo dos pinheiros, sua visão uma estranha esfera medicinal?

É como quando tudo que você viu diante de si é um penhasco e aí essa ponte brilhante aparece do nada, e você atravessa correndo, sabendo que, mais cedo ou mais tarde, vai haver outro penhasco do outro lado. E se a minha tristeza for na verdade minha professora mais brutal? E a lição é sempre essa: você não precisa ser como os búfalos. Você pode parar.

Tinha uma guerra, o homem na TV disse, mas a situação "acalmou" agora.

Eba, eu penso, engolindo meus comprimidos.

A verdade é que minha temeridade é de corpo todo.

Uma vez, o tornozelo de um menino louro debaixo d'água.

Tinha uma luz esverdeada naquela raia e você viu.

A verdade é que a gente pode sobreviver a nossas vidas, mas não à nossa pele. Mas você já sabe disso.

Nunca usei heroína porque tenho medo de agulha. Quando recusei a oferta dele de injetar uma dose, o Trevor, apertando o cabo do carregador do celular em volta do braço com os dentes, fez um gesto com a cabeça na direção dos meus pés. "Parece que caiu o teu absorvente." Depois ele piscou, sorriu – e se reclinou desaparecendo no sonho que construiu para si mesmo.

Usando uma campanha publicitária milionária, a Purdue vendeu a oxicodona para os médicos como um meio seguro, "resistente ao abuso", de controlar a dor. A empresa também afirmou que menos de um por cento dos usuários se tornava viciado, o que era mentira.

Em 2002, as receitas de oxicodona para dores não relativas ao câncer cresceram perto de dez vezes, com vendas totais ultrapassando US$ 3 bilhões.

E se a arte não fosse medida pela quantidade, mas sim por ricochetes?

E se a arte não fosse medida?

A única coisa boa dos hinos nacionais é que a gente já está de pé, e portanto pronto para correr.

A verdade é uma nação, sob as drogas, sob drones.

Da primeira vez que vi um homem nu ele parecia para sempre.

Ele era meu pai, tirando a roupa depois do trabalho. Estou tentando encerrar a memória. Mas o problema do para sempre é que você não pode voltar atrás.

Deixa eu ficar aqui até o fim, eu disse para o senhor, e nós diremos que estamos quites.

Deixa eu amarrar a minha sombra nos teus pés e nós chamaremos isso de amizade, eu disse a mim mesmo.

Acordei com o som de asas na sala, como se um pombo tivesse voado pela janela aberta e agora se debatesse contra o teto. Acendi o abajur. Enquanto meus olhos se adaptavam, vi o Trevor estatelado no chão, o tênis batendo contra a cômoda enquanto se agitava durante a convulsão. A gente estava no porão. A gente estava numa guerra. Segurei a cabeça dele, a baba dos lábios se espalhando pelo meu braço, e gritei para chamar o pai dele. Naquela noite, no hospital, ele sobreviveu. Já era a segunda vez.

História de horror: escutar a voz do Trevor quando fecho os olhos uma noite quatro anos depois da morte dele.

Ele está cantando "This Little Light of Mine" de novo, do jeito que costumava cantar – abrupta, entre remansos nas nossas conversas, os braços para fora da janela do Chevy, marcando o tempo no exterior vermelho desbotado. Deito ali no escuro, dizendo a letra até que ele volta a aparecer – jovem e quente e suficiente.

A carriça preta nessa manhã na soleira da minha janela: uma pera chamuscada.

Isso não teve sentido nenhum, mas agora já está aí para você.

Dobre à direita, Mãe. Ali está o terreno atrás da loja de artigos de pesca onde vi num verão o Trevor esfolar um guaxinim que ele matou com a Smith & Wesson do Buford. Ele fazia caretas enquanto tirava o bicho de dentro dele mesmo, os dentes dele verdes das drogas, como aquelas estrelas fluorescentes de colar no teto à luz do dia. Na caçamba da picape a pele negra se agitava com a brisa. Ali à frente, um par de olhos, sujos de terra, aturdidos pela visão de seus novos deuses.

Você consegue ouvir, o vento empurrando o rio atrás da igreja episcopal na rua Wyllys?

O mais perto que já cheguei de deus foi a calma que tomava conta de mim depois do orgasmo. Naquela noite, enquanto o Trevor dormia do meu lado, continuei vendo as pupilas do guaxinim, que não tinham como fechar sem o crânio. Eu gostaria de pensar que, mesmo sem a gente, a gente teria como ver. Eu gostaria de pensar que a gente nunca fecha.

Você e eu, nós éramos americanos até abrirmos os olhos.

Você está com frio? Você não acha estranho que se aquecer seja basicamente tocar o corpo com a temperatura de sua medula?

Eles querem que você tenha sucesso, mas nunca maior do que o deles. Eles escrevem os nomes deles na tua coleira e te chamam de *necessário*, te chamam de *urgente*.

Do vento, aprendi uma sintaxe de como ir em frente, de como passar por obstáculos me envolvendo neles. Dá para chegar em casa assim. Acredite, você pode sacudir o trigo e mesmo assim seguir sendo tão anônimo quanto a cocaína no punho dolorido de um menino da fazenda.

Como pode ser que, a cada vez que minhas mãos me machucam, elas se tornam mais minhas?

Passe pelo cemitério na House Street. Aquele com as lápides tão gastas que os nomes parecem marcas de dentes. O túmulo mais antigo abriga uma certa Mary-Anne Cowder (1784-1784).

Afinal, nós só estamos aqui uma vez.

Três semanas depois que o Trevor morreu, um trio de tulipas num vaso de argila me fez parar no meio da lembrança. Eu tinha acordado abruptamente e, ainda aturdido do sono, confundi a luz da aurora que batia nas pétalas com flores que emitiam sua própria luminescência. Eu me arrastei até os vasos brilhantes, achando que estava vendo um milagre, minha própria sarça ardente. Mas quando me aproximei, minha cabeça bloqueou os raios solares e as tulipas apagaram. Isso também não quer dizer nada, eu sei. Mas tem alguns nadas que mudam tudo depois deles.

Em vietnamita, a palavra para sentir saudade de alguém e para lembrar dessa pessoa é a mesma: *nhớ*. Às vezes quando você me pergunta no telefone *Con nhớ mẹ không?* eu estremeço, achando que você quis dizer *Você se lembra de mim?*.

É mais comum eu ter saudades de você do que lembrar de você.

Vão te dizer que ser político é ficar *meramente* raivoso, e portanto sem arte, sem profundidade, "bruto" e vazio. Vão falar do que é político com constrangimento, como se estivessem falando do Papai Noel ou do Coelhinho da Páscoa.

Vão te dizer que escrever grande literatura "liberta" do político, portanto "transcendendo" as barreiras da diferença, unindo as pessoas rumo a verdades universais. Vão dizer que se consegue isso sobretudo por meio da *habilidade*. Vejamos como se faz, eles dirão – como se a forma como algo é construído seja de natureza diferente do impulso que o criou. Como se a primeira cadeira tivesse sido trazida à existência sem que se levasse em conta a forma humana.

Eu sei. Não é justo que a palavra *amor* esteja presa dentro da palavra *amordaçar*.

A gente vai precisar abrir uma fenda, você e eu, como um recém-nascido, vermelho e tremendo, tirado da fêmea que acabou de ser caçada.

★ ★ ★

Cocaína, batizada com oxicodona, deixa tudo rápido e imóvel ao mesmo tempo, como quando você está no trem e, olhando através dos campos da Nova Inglaterra, na olaria Colt onde o primo Victor trabalha, você vê a chaminé empretecida – paralela com o trem, como se estivesse te seguindo, como se o lugar de onde você vem não fosse te deixar em paz. Alegria demais, eu juro, é desperdiçada no nosso desespero de mantê-la.

Uma noite, depois de pedalar por duas horas para que o Trevor pudesse se injetar na periferia de Windsor, nós sentamos nos balanços em frente ao escorregador de hipopótamo no parquinho da escola primária, o frio da borracha sob nossos pés. Ele tinha acabado de injetar. Fiquei vendo enquanto ele segurava uma chama debaixo do adesivo plástico transdérmico até que o fentanil borbulhasse e formasse uma gosma grudenta no centro. Quando o plástico se deformou nas bordas, ficando marrom, ele parou, pegou a agulha e sugou o líquido claro que enchia as marcas negras do cilindro. Os tênis dele raspavam as lascas de madeira. Na escuridão, o hipopótamo roxo, a boca aberta por onde você pode passar rastejando, parecia um carro acidentado. "Ei, Cachorrinho." Pela fala engrolada, dava para saber que os olhos dele estavam fechados.

"Que foi?"

"Mas é verdade?" O balanço dele continuou rangendo. "Você acha que vai ser gay de verdade tipo, pra sempre? Quer dizer..." O balanço parou. "Acho que eu... Eu vou ficar bom daqui uns anos, sabe?"

Eu não sabia se o "de verdade" queria dizer *muito gay* ou *realmente gay*.

"Acho que sim", eu disse, sem saber o que isso queria dizer.

"Que doido." Ele riu, o riso falso que você usa para testar a densidade do silêncio. Os ombros encolhidos, a droga percorrendo firme o corpo.

Então algo roçou a minha boca. Assustado, prendi mesmo assim com os lábios. O Trevor tinha colocado um careta entre meus lábios, já aceso. A chama cintilou nos olhos dele, vítreos e injetados de sangue. Engoli a doce fumaça escaldante, tentando evitar que as lágrimas caíssem – e conseguindo. Pensei nas estrelas, o punhado de fosforescência branco-azulado e me perguntei como alguém podia chamar a noite de escura.

Na esquina perto do semáforo piscando no amarelo. Porque é isso que as luzes fazem na nossa cidade depois da meia-noite – elas se esquecem de onde estão.

Você me perguntou o que é ser um escritor e eu estou te entregando uma confusão, eu sei. Mas é uma confusão, Mãe – não estou exagerando. Estou até suavizando. É isso que é escrever, depois de todo o absurdo, se rebaixar tanto a ponto de o mundo oferecer um novo ângulo misericordioso, uma visão mais ampla composta de coisas pequenas, o fiapo de repente transformado em um imenso tecido de neblina exatamente do tamanho do teu olho. E você olha através dele e vê o vapor denso na sauna 24 horas em Flushing, onde alguém certa vez estendeu a mão na minha direção, contornou a flauta oculta em minha clavícula. Nunca vi o rosto daquele homem, só os óculos de armação dourada grossa flutuando na neblina. E depois a sensação, o calor aveludado em toda parte dentro de mim.

Será isso a arte? Ser tocado acreditando que o que sentimos é nosso quando, na verdade, era de outra pessoa, que tendo desejo, nos encontra?

Quando o Houdini não conseguiu se libertar das algemas no Hipódromo de Londres, sua mulher, Bess, deu um longo e profundo beijo nele. Ao fazer isso, ela passou para ele a chave que iria salvá-lo.

Se existe um paraíso, acho que deve ser assim.

Sem nenhum motivo, joguei o nome do Trevor no Google um dia desses. A lista telefônica diz que ele ainda está vivo, tem trinta anos e mora a apenas 4,8 quilômetros de mim.

A verdade é que a memória não nos esqueceu.

Uma página, ao virar, é uma asa erguida sem par, e portanto sem voo. E no entanto nós nos movemos.

Enquanto limpava meu armário uma tarde encontrei uma bala no bolso da minha velha jaqueta Carhartt. Era da picape do Trevor. Ele sempre deixava no porta-copos. Abri a embalagem, segurei entre os dedos. A memória de nossas vozes lá dentro. "Me diz o que você sabe", eu sussurrei. A luz da janela bateu nele como se fosse uma joia antiga. Entrei no closet, fechei a porta, sentei na escuridão estreita, e coloquei a bala, suave e gelada, na boca. Maçã Verde.

Não estou com você porque estou em guerra contra tudo, exceto você.

Uma pessoa ao lado de uma pessoa dentro de uma vida. O nome disso é parataxe. O nome disso é futuro.

Estamos quase lá.

O que estou te contando está mais para um naufrágio do que para uma história – as peças flutuando, finalmente legíveis.

Contorne a curva, passe a segunda placa de Pare com "Ódio" pichado em branco. Ande até a casa branca, aquela com o lado esquerdo cinza--carvão por causa dos gases liberados pelo ferro-velho do outro lado da via expressa.

Lá está a janela do segundo andar de onde, uma noite quando eu era pequeno, acordei com uma nevasca do lado de fora. Eu tinha uns cinco ou seis anos e não sabia que as coisas acabavam. Eu achava que a neve ia continuar até a borda do céu – depois mais além, tocando as pontas dos dedos de deus enquanto ele tirava uma soneca na sua cadeira de balanço, as equações espalhadas pelo chão de seu escritório. Que de manhã estaríamos todos isolados dentro de uma imobilidade branco-azulada e que ninguém teria de ir embora. Nunca.

Depois de um tempo, a Lan me achou, ou melhor, a voz dela apareceu ao lado do meu ouvido. "Cachorrinho", ela disse enquanto eu olhava a neve, "quer escutar uma história? Eu vou te contar uma história." Fiz que sim com a cabeça. "Ok", ela disse. "Há muito tempo. Uma mulher estava com a filha no colo, assim". Ela apertou meus ombros. "Em uma estrada de chão. Essa menina, chamada Rose, sim, como a flor. Sim, essa menina, chamada Rose, é o meu bebê... Ok, eu seguro ela, minha filha, Cachorrinho." Ela me sacode. "Você sabe o nome dela? É Rose, como a flor. Sim, essa menininha que eu seguro na estrada de terra. Boa menina, meu bebê, cabelo vermelho. O nome dela é..." E ela continuou assim, até que a rua lá embaixo brilhasse branca, apagando tudo que tinha um nome.

★ ★ ★

O que a gente era antes de ser a gente? A gente deve ter ficado parado à beira de uma estrada de chão enquanto a cidade ardia. Deve ter ficado desaparecendo, como agora.

Pode ser que na próxima vida a gente se encontre pela primeira vez – acreditando em tudo exceto no dano que podemos causar. Talvez a gente seja o oposto dos búfalos. Vamos criar asas e transbordar pelo penhasco como uma geração de borboletas-monarcas, indo para casa. Maçã Verde.

Como a neve cobrindo os detalhes da cidade, vão dizer que nós jamais existimos, que nossa sobrevivência era um mito. Mas eles estão errados. Você e eu, nós fomos reais. Nós rimos sabendo que a alegria arrebentaria os pontos dos nossos lábios.

Lembre-se: As regras, como as ruas, só podem te levar a lugares *conhecidos*. Debaixo das ruas existe um campo – ele sempre esteve lá – onde estar perdido jamais significa estar errado, mas simplesmente ser mais.

Como regra, seja mais.

Como regra, eu sinto saudade de você.

Como regra, "veloz" é sempre mais rápido do que "rápido". Não me pergunte o porquê.

Desculpe por não ligar tanto quanto devia.

Maçã Verde.

Desculpe por ficar perguntando *Como você está?* quando na verdade eu queria dizer *Você está feliz?*.

Se você se descobrir presa dentro de um mundo escuro, lembre que sempre foi escuro assim dentro do corpo. Onde o coração, como qualquer lei, se detém apenas para os vivos.

Se você se descobrir, meus parabéns, você pode ficar com as tuas mãos.

Dobre à direita na Risley. Se você se esquecer de mim, você foi longe demais. Volte.

Boa sorte.

Boa noite.

Bom deus, Maçã Verde.

A sala está silenciosa como uma foto. A Lan está esticada no chão sobre um colchão. As filhas dela – você e a Mai – e eu estamos ao lado dela. Envolta na cabeça e no pescoço dela há uma toalha empapada de suor, formando um capuz que emoldura o rosto esquelético. A pele desistiu de tentar, os olhos afundados no crânio, como se espiando de dentro do próprio cérebro. Ela lembra uma escultura de madeira, enrugada e vincada com linhas profundas. A única indicação de que ela está viva é o cobertor favorito dela, amarelo, agora acinzentado, subindo e descendo sobre o peito.

Você diz o nome dela pela quarta vez e ela abre os olhos, esquadrinhando cada um dos nossos rostos. Na mesa ali perto, um bule de chá que esquecemos de tomar. E foi aquele perfume floral, doce, de jasmim, que me deixou alerta, por contraste, do odor cáustico, acre, que corta o ar.

A Lan está deitada no mesmo lugar faz duas semanas. Com o menor movimento causando dor na sua estrutura frágil, ela desenvolveu escaras que infeccionaram debaixo das coxas e nas costas. Ela perdeu o controle sobre o intestino e a comadre debaixo dela está perpetuamente meio cheia, as vísceras literalmente indo embora. Meu estômago aperta enquanto fico sentado, abanando a Lan, as mechas remanescentes do cabelo dela tremulando sobre as têmporas. Ela olha para cada um de nós, várias e várias vezes, como se esperando que mudássemos.

"Estou queimando", ela diz, quando finalmente fala. "Estou queimando por dentro como uma cabana." A tua voz, na resposta, está mais suave do que nunca. "A gente vai jogar água, Mãe, tá bom? A gente vai apagar o incêndio."

No dia em que a Lan foi diagnosticada, fiquei no consultório branco-nada do médico enquanto ele falava, a voz dele soando subaquática, apontando para várias seções de minha avó, o esqueleto dela preso contra uma tela iluminada por trás.

Mas o que eu vi era vazio.

No raio x, olhei para o espaço entre a perna e os quadris dela onde o câncer tinha comido um terço da parte superior do fêmur e parte do encaixe, a cabeça do osso completamente sumida, o lado direito do quadril poroso e sarapintado. Isso me fez lembrar de uma folha de metal, enferrujada e corroída até ficar fina em um ferro-velho. Não havia indícios de para onde foi a parte dela que desapareceu. Olhei mais de perto. Onde estavam a cartilagem translúcida, a medula, os minerais, o sal e os tendões, o cálcio que um dia formou os ossos?

Senti então, enquanto as enfermeiras falavam à minha volta, uma raiva nova e singular. Minha mandíbula e meus punhos ficaram tensos. Eu queria saber quem fez isso. Eu precisava que aquele ato tivesse um autor, uma consciência que pudesse ser encontrada em um espaço definido e culpável. Pelo menos uma vez, eu queria, eu *precisava*, de um inimigo.

O diagnóstico oficial foi câncer nos ossos em estágio quatro. Enquanto você esperava no corredor com a Lan numa cadeira de rodas, o médico me entregou o envelope pardo com os raios x dentro, e simplesmente disse, evitando o meu olhar, para levar a tua vó para casa e dar o que quer que ela quisesse comer. Ela tinha duas semanas, quem sabe três.

Trouxemos a Lan para casa, pusemos de costas sobre um colchão no piso de lajotas onde estava fresco, colocamos travesseiros ao longo do corpo para manter as pernas no lugar. O que deixou as coisas ainda piores, você lembra, foi que a Lan nem por um momento acreditou, até o fim, que ela tinha uma doença terminal. Nós explicamos o diagnóstico para ela, falamos sobre os tumores, as células, a metástase, nomes tão abstratos que era como se estivéssemos descrevendo uma bruxaria. Dissemos que ela estava morrendo, que seria em duas semanas, depois uma semana, a qualquer dia agora. "Esteja preparada. Esteja preparada. O que você quer? Do que você precisa? O que você gostaria de dizer?", a gente insistia. Mas ela não queria saber disso. Ela dizia que nós éramos só crianças, que não sabíamos de nada ainda, e que quando crescêssemos, nós íamos saber como o mundo realmente funciona. E como a negação, a invenção – a contação de histórias – era o jeito dela de se manter um passo à frente de sua própria vida, como é que um de nós poderia contar para ela que ela estava errada?

A dor, no entanto, não é em si uma história. E naqueles últimos dias, enquanto você estava na rua fazendo preparativos para o funeral, escolhendo o caixão, a Lan uivava e gritava em longas, lancinantes explosões. "O que foi que eu fiz?", ela dizia, olhando para o teto. "Deus, o que foi que eu fiz para você pisar em mim assim?" A gente dava o Vicodin sintético e a oxicodona para ela, receitados pelo médico, depois a morfina, depois mais morfina.

Eu abanava a Lan com um prato de papel enquanto ela perdia e recuperava a consciência. A Mai, que tinha dirigido a noite toda vindo da Flórida, se arrastava pelos quartos, cozinhando e fazendo chá num torpor de zumbi. Como a Lan estava fraca demais para comer, a Mai dava de colherada na boca entreaberta dela. Eu continuava abanando enquanto a Mai dava a comida, os cabelos negros de mãe e filha tremulando em uníssono, as testas quase se tocando. Poucas horas depois, você e a Mai rolavam a Lan para que ela ficasse de lado e, com a mão coberta por uma luva de borracha, removiam as fezes do corpo da tua mãe – exaurido demais para expelir seus próprios rejeitos. Eu continuei abanando o rosto dela, coberto de cristais de suor, olhos fechados enquanto você trabalhava. Quando você acabou, ela simplesmente ficou ali deitada, piscando.

Perguntei no que ela estava pensando. Como se acordando de um sono sem sonhos, ela respondeu com uma voz monótona e eviscerada. "Eu era uma menina, Cachorrinho. Sabia disso?"
"Tá bom, Vó, eu sei..." Mas ela não estava escutando. "Eu colocava uma flor no cabelo e ia andar no sol. Depois de chuva grande, eu ando no sol. A flor eu ponho no cabelo. Tão quente, tão fresco." Os olhos dela se afastaram de mim, à deriva. "É uma coisa estúpida." Ela sacudiu a cabeça. "Uma coisa estúpida. Ser uma menina." Depois de um tempo, ela se virou para mim como lembrando que eu estava lá. "Você já comeu?"

Nós tentamos preservar a vida – mesmo quando sabemos que ela não tem chance de suportar o corpo. Nós o alimentamos, banhamos, medicamos, acariciamos, até cantamos para ele. Cuidamos dessas funções básicas não porque somos corajosos ou altruístas, mas porque, assim como a respiração, esse é o ato mais fundamental da nossa espécie: amparar o corpo até que o tempo o deixe para trás.

Estou pensando agora em Duchamp, na sua infame *"escultura"*. Em como, ao virar um urinol, um objeto de utilidade estável e permanente, de cabeça para baixo, ele radicalizou sua recepção. Ao chamar aquilo, além de tudo, de *Fonte*, ele despiu o objeto de sua identidade pretendida, dando a ele uma nova forma irreconhecível.

Eu o odeio por isso.

Odeio como ele provou que toda a existência de uma coisa podia ser transformada simplesmente virando-a de ponta cabeça, revelando um novo ângulo a seu nome, um ato completado por nada além da gravidade, a mesma força que nos mantém presos a esta terra.

Principalmente, eu o odeio porque ele estava certo.

Porque era isso que estava acontecendo com a Lan. O câncer refigurou não só os traços dela, mas a trajetória do ser dela. A Lan, virada ao contrário, seria pó de um jeito que mesmo a palavra *morrendo* não tem nada a ver com a palavra *morto*. Antes da doença da Lan, eu achava esse ato de maleabilidade bonito, que um objeto ou pessoa, virado de cabeça para baixo, se torne mais do que sua natureza até então singular. Essa capacidade de evolução, que em outros tempos me deixou orgulhoso de ser o veado amarelo *queer* que fui e sou, hoje me atraiçoa.

Sentado com a Lan, minha mente passa, inesperadamente, para o Trevor. O Trevor que a essa altura estava morto fazia só seis meses. Penso na primeira vez que fizemos sexo, não com o pau dele na palma da minha mão como a gente normalmente fazia, mas de verdade. Foi no mês de setembro depois da minha segunda temporada na fazenda.

A colheita estava toda pendurada, acondicionada em barras sobre as vigas, as folhas já enrugadas, o verde, antes forte e exuberante nos campos, agora desbotado, do tom de velhos uniformes. Era hora de acender o carvão e acelerar o processo de cura. Isso exigia que alguém ficasse a noite toda no celeiro, queimando briquetes empilhados em pratos de estanho separados uns dos outros por dois metros e meio ou três metros ao longo do chão de terra. O Trevor pediu que eu fosse fazer companhia para ele à noite enquanto ele abastecia os pratos com carvão. Em toda a nossa volta as pilhas queimavam, brilhando vermelhas e piscando toda vez que uma corrente de vento passava pelas ripas. O doce perfume intumescia à medida que o calor distorcia seu caminho rumo ao teto.

Passava de meia-noite quando a gente se viu no chão do celeiro, o halo dourado da lamparina a óleo detendo a escuridão à nossa volta. O Trevor se debruçou. Abri meus lábios em antecipação, mas ele os deixou intocados, indo mais para baixo dessa vez, até que os dentes dele roçaram a pele abaixo do meu pescoço. Isso foi antes de eu saber até onde ele ia cravar os incisivos naquele ano, antes de eu conhecer o calor do interior daquele garoto, a raiva americana nos nós dos dedos dele, a tendência do pai dele de chorar na varanda na frente da casa depois de três Coronas com o jogo dos Patriots chiando no rádio e uma edição em capa dura de *Fear Nothing*, de Dean Koontz ao lado dele, antes do velho encontrar o Trevor desmaiado na caçamba do Chevy durante uma tempestade, a água batendo nas orelhas do menino enquanto ele o arrastava pela lama, a ambulância, o quarto de hospital, a heroína quente nas veias do Trevor. Antes de ele sair do hospital, sóbrio por uns três meses antes de injetar de novo.

O ar, abafado e denso do último calor do verão, assobiava baixo pelo celeiro. Apertei meu corpo contra a pele queimada de sol dele, ainda quente do dia no campo. Os dentes dele, cor de marfim e bem cuidados, deram mordidas de leve no meu peito, nos meus mamilos, na minha barriga. Porque nada que eu tivesse entregado, eu pensei, podia ser tirado de mim. Nossas roupas caíram de nossos corpos como bandagens.

"Vamos fazer." Em cima de mim, a voz dele tensa enquanto ele se batia para tirar a cueca.

Eu fiz que sim com a cabeça.

"Eu vou devagar, tá bom?" A voz dele uma fenda de juventude. "Eu vou com calma."

Eu me virei – hesitante, tremendo – para o piso de terra, pus minha testa sobre o antebraço, e esperei.

Meu short no tornozelo, o Trevor se posicionou sobre mim, os pentelhos dele roçando em mim. Ele cuspiu várias vezes na mão, esfregou a saliva entre as minhas pernas até tudo estar grosso e escorregadio e inegável.

Baixei de novo a cabeça. O cheiro da terra do chão do celeiro, com toques de cerveja derramada e de um solo rico em ferro, eu escutava os cliques do pau dele enquanto ele passava cuspe por toda a extensão.

Quando ele forçou, eu me senti gritar – mas não gritei. Ao invés disso, a minha boca estava cheia de pele salgada, depois do osso debaixo dela enquanto eu mordia o meu braço. O Trevor parou, ainda sem ter entrado completamente, sentou, e perguntou se eu estava bem.

"Não sei", eu disse para o chão, ofegante. "Não me vá chorar de novo. Não me vá chorar agora." Ele cuspiu de novo, deixou cair no pau. "Vamos tentar de novo. Se for ruim, a gente desiste."

"Tá bom."

Ele forçou, mais fundo dessa vez, soltou o peso com força – e deslizou para dentro de mim. A dor causou um branco na minha nuca. Mordi, meu pulso tocando os contornos dos meus dentes.

"Entrei. Entrei, carinha." A voz dele se transformou em um sussurro-grito de terror de um menino que conseguiu exatamente o que queria. "Entrei", ele disse, perplexo. "Dá pra sentir. Caralho. Ah, caralho."

Eu disse para ele ficar parado enquanto eu ajeitava meus braços no chão e me recuperava. A dor que estava entre as minhas pernas se espalhou.

"Vamos continuar", ele disse. "Eu tenho que continuar. Não quero parar."

Antes que eu pudesse responder ele estava forçando de novo, os braços plantados dos dois lados da minha cabeça, o calor pulsando deles enquanto ele trabalhava. Ele estava com o crucifixo de ouro, aquele que ele nunca tira, e a cruz ficava batendo no meu rosto. Então eu pus aquilo na boca para parar de balançar. O gosto era de ferrugem, sal e Trevor. As fagulhas na minha cabeça resplandeciam a cada golpe. Depois de um tempo, a dor derreteu em um estranho incômodo, um torpor sem peso que me atravessava como uma nova estação, ainda mais quente. O sentimento causado não pela ternura, nem pela carícia, mas pelo fato de o corpo não ter opção exceto acomodar a dor transformando-a em algo menos intenso, um prazer impossível e que se irradia. Dar a bunda era bom, eu aprendi, depois que você supera a própria dor.

O que Simone Weil disse: *A alegria perfeita exclui até mesmo a sensação de alegria, pois, na alma tomada pelo objeto, não resta um lugar para dizer "Eu".*

Enquanto ele se mexia, inconscientemente pus a mão para trás para tocar em mim, para ter certeza de que eu ainda estava lá, de que ainda era eu, mas ao invés disso a minha mão encontrou o Trevor – como se por estar dentro de mim, ele fosse uma nova extensão de mim. Os gregos achavam que o sexo era a tentativa de dois corpos, há muito separados, voltarem a ter uma única vida. Não sei se acredito nisso, mas era assim que eu me sentia, como se fôssemos duas pessoas explorando um corpo, e ao fazer isso nos fundíssemos até não sobrar lugar para dizer Eu.

Depois de uns dez minutos, quando o Trevor começou a ir mais rápido, nossa pele coberta de suor, algo aconteceu. Um cheiro subiu à minha cabeça, forte e profundo, parecido com terra, mas saturado de fracasso. Eu soube imediatamente o que era, e entrei em pânico. No calor do momento, eu não pensei, ainda não sabia como me preparar. Os vídeos pornográficos que eu via nunca mostravam o que era preciso para chegar aonde a gente estava. Eles simplesmente faziam – rápido, direto, confiante e impecavelmente limpo. Ninguém mostrou pra gente como se devia fazer. Ninguém ensinou pra gente como chegar tão fundo – nem como estar tão profundamente estilhaçado.

Envergonhado, pressionei minha testa contra o pulso e deixei que ela ficasse latejando ali. O Trevor diminuiu a velocidade, depois parou.

Tudo em silêncio.

Acima de nós as mariposas voavam entre as folhas de tabaco. Elas tinham ido comer as plantas, mas os vestígios de agrotóxicos aplicados no campo as matavam assim que elas punham a boca nas folhas. Elas caíam à nossa volta, as asas, em meio à agonia, sussurravam pelo chão do celeiro.

"Puta que pariu." O Trevor levantou, o rosto incrédulo.

Virei o rosto. "Desculpe", eu disse por instinto.

O pau dele, a ponta tocada pela escuridão dentro de mim, pulsou sob a luz da lamparina até amolecer. Eu estava, naquele momento, mais nu do que estivera depois de tirar as roupas – eu estava do avesso. Nós tínhamos nos tornado aquilo que mais temíamos.

Ele respirou forte acima de mim. Sendo o Trevor quem era, criado no tecido e na musculatura da masculinidade americana, tive medo do que ia acontecer. A culpa era minha. Eu tinha manchado o Trevor com a minha gayzice, a imundície do nosso ato exposta pelo fracasso do meu corpo em se conter.

Ele andou na minha direção. Eu me ergui, ficando de joelhos, meio que cobrindo meu rosto, me preparando.

"Lamba."

Eu estremeci.

O suor brilhava na testa dele.

Uma mariposa, sufocando, se debateu contra meu joelho direito. Sua imensa e definitiva morte meramente um estremecimento na minha pele. Uma brisa mudou a escuridão lá fora. Um carro zumbiu na estrada que cruzava as plantações.

Ele agarrou meu ombro. Como eu já sabia que ele ia reagir assim?

Virei meu rosto para encontrar o dele.

"Levanta, eu já disse."

"O quê?" Esquadrinhei os olhos dele.

Eu tinha ouvido errado.

"Vamos", ele disse de novo. "Levanta logo, porra."

Trevor segurou meu braço e me ajudou a levantar. Saímos do círculo dourado da lamparina, deixando-o novamente vazio e perfeito. Ele me conduziu pelo celeiro, me segurando com força. As mariposas mergulhavam para lá e para cá entre nós. Quando uma delas bateu na minha testa e eu parei, ele me puxou e eu cambaleei atrás dele. Chegamos ao outro lado, depois passamos pela porta, saindo para a noite. O ar estava fresco e sem estrelas. Na escuridão repentina, eu só conseguia discernir as costas brancas dele, de um azul-cinzento em meio à não luz. Depois de uns metros, ouvi a água. A corrente do rio, embora gentil, espumava branca em torno das coxas dele. O barulho dos grilos aumentou, ficou exuberante. As árvores farfalhavam invisíveis no acúmulo de sombras do outro lado do rio. Depois o Trevor sumiu, mergulhando, antes de emergir rapidamente. Gotas escorriam pela mandíbula, cintilavam em torno dele.

"Se limpe", ele disse, a voz estranhamente gentil, quase frágil. Tampei o nariz e mergulhei, ofegante pelo frio. Dentro de uma hora, eu vou estar na nossa cozinha mal-iluminada, o rio ainda úmido nos meus cabelos, e a Lan vai andar arrastando os pés até a luz noturna que fica acima do fogão. *Não vou contar para ninguém que você esteve no mar, Cachorrinho.* Ela vai colocar o dedo na frente dos lábios e fazer que sim com a cabeça. *Assim, os espíritos dos piratas não vão te perseguir.* Ela vai pegar um pano de prato e secar meus cabelos, meu pescoço, passando por cima do chupão que, a essa altura, vai ser uma sombra de sangue coagulado debaixo da minha mandíbula. *Você esteve longe. Agora você em casa. Agora você seco*, ela vai dizer enquanto as tábuas do piso rangem sob o peso de nosso deslocamento.

O rio até o meu pescoço agora, mexi os braços para manter o equilíbrio. O Trevor colocou a mão no meu pescoço e a gente ficou ali, em silêncio por um momento, nossas cabeças baixas sobre o espelho negro do rio.

Ele disse: "Não se preocupe com isso. Ouviu?"

A água se moveu à minha volta, em torno das minhas pernas.

"Ei." Ele fez aquilo que fazia de colocar a mão fechada debaixo do meu queixo e inclinar a minha cabeça para que eu olhasse nos olhos dele, um gesto que normalmente me fazia sorrir. "Você ouviu?"

Só fiz que sim com a cabeça, depois me virei para a margem. Eu estava só uns poucos passos à frente dele antes de sentir a mão dele me empurrar com força entre os ombros, me fazendo inclinar para frente, as minhas mãos instintivamente agarradas nos meus joelhos. Antes de eu poder me virar, eu senti a barba por fazer, primeiro entre as minhas coxas, depois mais alto. Ele tinha se ajoelhado no raso, joelhos afundados na lama do rio. Eu tremi – a língua dele inimaginavelmente quente comparada com a água fria, o súbito ato sem palavras, com a intenção de ser um bálsamo para o meu fracasso no celeiro. Tive a impressão de estar recebendo uma apavorante segunda chance, de ser desejado de novo, desse jeito.

Longe, do outro lado do campo, pouco além de uma linha de sicômoros, uma única janela iluminada num quarto do andar de cima de uma velha casa numa fazenda cintilava no escuro. Sobre ela, um punhado de estrelas dispersas rasgava a névoa leitosa do céu. Ele agarrou minhas coxas com as duas mãos, me puxou para perto dele, para deixar ainda mais claro o que pretendia. Olhei para as formas convulsas da água enquanto recuperava o fôlego. Olhei entre as minhas pernas e vi o queixo dele se movendo para transformar o ato no que era, no que sempre havia sido: uma espécie de concessão de uma graça. Estar limpo de novo. Ser novamente bom. O que nos *tornamos* um para o outro senão o que nós *fizemos* um para o outro? Embora não fosse a primeira vez que ele fazia isso, foi a única vez que o ato ganhou um novo poder, impactante. Fui devorado, pareceu, não por uma pessoa, um Trevor, mas pelo próprio desejo. Ser recuperado por aquele desejo, ser batizado por sua pura necessidade. Isso é o que eu era.

Quando acabou, ele limpou a boca com a parte de trás do braço, depois bagunçou meu cabelo antes de andar até a margem. "Bom como sempre", ele disse por cima do ombro.

"Sempre", eu repeti, como se respondendo uma pergunta, depois fui até o celeiro, onde, sob o brilho minguante da lamparina, as mariposas continuavam morrendo.

Depois do café da manhã, lá pelas dez, enquanto eu estava sentado na varanda da frente de casa, lendo, a Mai pegou meu braço. "Chegou a hora", ela disse. Eu pisco. "Ela está partindo." Nós vamos às pressas até a sala onde você já está ajoelhada ao lado da Lan. Ela está acordada e balbuciando, os olhos se mexendo de um lado para o outro sob as pálpebras semicerradas. Você corre para pegar frascos de aspirinas e de Advil no armário. Como se ibuprofeno fosse fazer algum bem para a gente a essa altura. Mas para você é *tudo* remédio – medicamentos que tinham funcionado antes; por que não iam funcionar agora? Você se senta ao lado da tua mãe, as tuas mãos, finalmente vazias, sobre o teu colo. A Mai aponta para os dedos dos pés da Lan. "Estão ficando roxos", ela diz com estranha calma. "Os pés, eles vão primeiro, e estão roxos. Mais meia hora, no máximo." Vejo a vida da Lan começar a se afastar de si mesma. *Roxo.* A Mai disse, mas para mim os pés da Lan não parecem roxos. Eles estão pretos, marrom lustroso nas pontas dos dedos, preto como pedra em todas as outras partes, exceto nas unhas, que tinham um tom amarelado e opaco – como o próprio osso. Mas é a palavra *roxo*, e junto com ela aquele tom exuberante e profundo, que me inunda. É isso que eu vejo enquanto observo o sangue deixar os pés negros da Lan, o verde cercado por trechos de violeta na minha mente, e percebo que a palavra me arrasta para uma memória. Anos atrás, quando eu tinha seis ou sete anos, enquanto eu andava com a Lan por um caminho de terra batida que acompanhava a rodovia perto da rua da Igreja, ela parou abruptamente e gritou. Não consegui ouvir o que ela disse por causa do barulho dos carros. Ela apontou para o alambrado que separava a interestadual da calçada, as pupilas dilatadas. "Veja, Cachorrinho!" Eu me abaixei, examinei a cerca.

"Não estou entendendo, Vó. Qual é o problema?"

"Não", ela disse, irritada. "Levante. Olhe pra lá da cerca, ali, aquelas flores roxas."

Pouco depois da cerca, do lado da rodovia, havia um trecho de flores selvagens roxas, bem pequenas. Com um minúsculo centro branco--amarelado. A Lan se agachou, segurou meus ombros, nivelando os olhos dela com os meus, séria. "Você consegue escalar, Cachorrinho?" Os olhos dela se semicerraram num falso ceticismo, à espera. Claro, fiz com a cabeça, avidamente. E ela sabia que eu faria aquilo.

"Eu te ergo e você só pega as flores rapidinho, pode ser?" Eu me agarrei à cerca enquanto ela levantava meus quadris. Depois de

hesitar um pouco, cheguei até o topo, sentei com uma perna de cada lado. Olhei para baixo e imediatamente passei mal, as flores de algum modo minúsculas, débeis pinceladas num zunido verde. O vento do carro soprava meus cabelos. "Não sei se consigo!", eu gritei, quase às lágrimas. A Lan agarrou minha panturrilha. "Eu estou bem aqui. Não vou deixar nada acontecer com você", ela disse por cima do ruído do trânsito. "Se você cair, eu corto a cerca com meus dentes e salvo você."
Acreditei nela e pulei, caí rolando, levantei, e passei a mão na roupa para tirar a terra. "Arranque as flores pela raiz com as duas mãos." Ela fez uma careta e se grudou ao alambrado. "Seja rápido ou a gente vai se meter em encrenca." Puxei os tufos um depois do outro, as raízes explodindo da terra em nuvens de poeira. Joguei as flores por cima da cerca, cada carro que passava fazendo um vento tão forte que eu quase caía. Arranquei e arranquei e a Lan enfiou todas em uma sacola plástica da 7-Eleven.

"Tá bom. Tá bom! Esse tanto está ótimo." Ela me fez um gesto para que eu voltasse. Saltei na cerca. A Lan ergueu as mãos e me desceu nos braços dela, me puxando para um abraço. Ela começou a sacudir e só quando me colocou no chão percebi que ela estava rindo. "Você conseguiu, Cachorrinho! Você é meu caçador de flores. O melhor caçador de flores nos EUA!" Ela ergueu um tufo de flores contra a luz ocre-calcária. "Isso vai ficar perfeito na minha janela."

Era pela beleza, eu aprendi, que nós nos arriscávamos. Naquela noite, quando chegou em casa, você apontou para a nossa colheita, uma espuma contra o peitoril marrom e poluído da janela, suas gavinhas se entrelaçando ao longo da mesa de jantar, e perguntou, impressionada, como conseguimos aquilo.

A Lan fez um gesto de desdém, dizendo que encontramos as flores jogadas na sarjeta por uma floricultura. Desviei os olhos dos meus soldadinhos de brinquedo para a Lan, que pôs um dedo na frente dos lábios e piscou enquanto você tirava o casaco, de costas para nós. Os olhos dela sorriram.

Eu nunca soube o nome daquelas flores. Assim como a Lan nunca teve um nome para elas. Até hoje, toda vez que vejo pequenas flores roxas juro que são as flores que colhi naquele dia. Mas sem um nome, as coisas se perdem. A imagem, no entanto, é clara. Clara e roxa, a cor que escala as canelas da Lan enquanto estamos sentados, esperando que a cor percorra o corpo todo dela. Você permanece perto da tua mãe e afasta os cabelos emaranhados sobre o rosto emaciado e esquelético dela.

"O que você quer, Mãe?", você pergunta, a boca no ouvido dela.

"O que você precisa que a gente faça? Peça qualquer coisa."

Do lado de fora da janela, o céu é um arremedo de azul.

"Arroz", eu me lembro de ouvir a Lan dizer, a voz em algum ponto profundo dela. "Uma colherada de arroz." Ela engole, respira de novo. "De Go Cong."

Olhamos um para o outro – o pedido é impossível. Mesmo assim, a Mai se levanta e desaparece por trás da cortina de contas da cozinha.

Meia hora depois, ela se ajoelha ao lado da mãe, uma tigela fumegante de arroz nas mãos. Ela segura a colher na boca sem dente da Lan. "Aqui, mãe", ela diz, estoica. "Arroz de Go Cong, colhido semana passada."

A Lan mastiga, engole, e algo semelhante a um alívio se espalha pelos lábios dela. "Tão bom", ela diz, depois de uma colherada, a única. "Tão doce. Esse é o nosso arroz... tão doce." Ela faz um gesto em direção a algo distante com o queixo e dorme.

Duas horas depois, ela se move acordada. Nós nos juntamos em torno dela, ouvimos quando ela inala uma única vez, como se estivesse prestes a mergulhar, e então, é isso – ela não exala. Simplesmente fica imóvel, como se alguém tivesse apertado o botão de pausa em um filme.

Fico sentado ali enquanto você e a Mai, sem hesitar, se movem, teus braços pairando sobre o corpo rígido da tua mãe. Faço a única coisa que sei fazer. Os joelhos no peito, começo a contar os dedos roxos nos pés dela. 1 2 3 4 5 1 2 3 4 5 1 2 3 4 5. Eu me embalo pensando nos números enquanto tuas mãos flutuam sobre o corpo, metódicas como enfermeiras fazendo rondas. Apesar do meu vocabulário, dos meus livros, do conhecimento, me vejo abraçando minhas pernas na parede oposta, desolado. Vejo as duas filhas cuidarem dos seus com uma inércia que equivale à gravidade. Fico sentado, com todas as minhas teorias, metáforas e equações, Shakespeare e Milton, Barthes, Du Fu e Homero, mestres da morte que não podem, enfim, me ensinar como tocar meus mortos.

    Depois que a Lan está limpa e trocada, depois que os lençóis foram retirados, que os fluidos corporais foram esfregados do chão e do cadáver – porque é isso que a linguagem dita agora: cadáver ao invés de ela –, nos reunimos de novo em torno da Lan. Com todos os teus dedos, você abre a mandíbula rígida, enquanto a Mai coloca a dentadura da Lan para dentro. Mas como o rigor mortis já começou, a boca se fecha antes que os incisivos possam estar no lugar e a dentadura é expelida, cai no chão com um barulho forte. Você deixa escapar um grito, que rapidamente silencia com uma mão sobre a tua boca. "Merda", você diz em inglês raro, "merda merda merda." Na segunda tentativa, os dentes se encaixam no lugar e você se encosta na parede ao lado da tua mãe defunta.

    Lá fora, um caminhão de lixo faz um estrondo e sons de marcha à ré. Uns poucos pombos arrulham entre as árvores dispersas. No fundo disso tudo, você está sentada, a cabeça da Mai apoiada no teu ombro, o corpo da tua mãe esfriando a um metro de distância. Depois, teu queixo se tornando um caroço de pêssego, você baixa o rosto atrás das mãos.

A Lan morreu faz cinco meses, e por cinco meses ficou em uma urna na tua mesinha de cabeceira. Mas hoje estamos no Vietnã. Província de Tien Giang, onde fica o distrito de Go Cong. É verão. Os arrozais estão em toda a nossa volta, infinitos e verdes como o mar.

Depois do funeral, depois que os monges em hábitos cor de açafrão entoam cânticos em torno da lápide de granito polido, os vizinhos do vilarejo com bandejas de comida sobre as cabeças, aqueles com cabelos brancos que se lembram da vida da Lan aqui quase trinta anos atrás, oferecem anedotas e condolências. Depois que o sol mergulha sob os campos de arroz e só o que resta é o túmulo, a terra ainda fresca e úmida nas bordas, coberta por crisântemos brancos, ligo para o Paul, na Virgínia.

Ele faz um pedido que eu não espero, e quer vê-la. Pego o meu laptop e carrego por uns metros em direção aos túmulos, perto o bastante da casa para conseguir três barras de Wi-Fi.

Fico ali, com o laptop à minha frente, e aponto o rosto de Paul para o túmulo, que tem gravada uma foto da Lan aos vinte e oito anos, mais ou menos a idade de quando eles se conheceram. Espero atrás da tela enquanto esse veterano do exército americano vê via Skype sua ex-esposa vietnamita, de quem ele estava afastado, recém-enterrada. A certa altura, acho que o sinal caiu, mas aí escuto o Paul assoando o nariz, as frases amputadas, tropeçando nas palavras enquanto diz adeus. Ele lamenta, Paul diz olhando para o rosto sorridente no túmulo. Lamenta ter voltado para a Virgínia em 1971 quando soube que a mãe estava doente. Que aquilo era uma manobra para fazê-lo voltar para casa, que a mãe fingiu uma tuberculose até que as semanas se transformaram em meses, até que a guerra começou a se aproximar do fim e o Nixon parou de enviar soldados e os americanos deram início à retirada. Que todas as cartas que a Lan mandou foram interceptadas pelo irmão do Paul. Que só muito tempo depois da queda de Saigon, um dia, um soldado, que acabava de voltar para casa, bateu na porta dele e entregou um bilhete da Lan. Que a Lan e as filhas tinham precisado deixar a capital depois da queda. Que iam escrever de novo. Ele disse que lamentava ter demorado tanto. Que quando o Exército da Salvação ligou para avisar que havia uma mulher com uma certidão de casamento com o nome dele procurando-o em um campo de refugiados nas Filipinas, já era 1990. A essa altura, ele já estava casado com outra fazia oito anos. Ele diz tudo isso numa enxurrada de vietnamita gaguejado – que ele aprendeu durante a guerra e usou durante o casamento – até que as palavras se tornam quase incoerentes sob os suspiros.

Umas poucas crianças do vilarejo tinham se aproximado dos túmulos, seus olhares curiosos e perplexos na periferia. Devo parecer estranho para eles, segurando a cabeça pixelada de um homem branco em frente a uma fileira de túmulos.

Enquanto olho para o rosto do Paul na tela, esse sujeito de fala suave, esse estranho transformado em avô transformado em família, percebo quão pouco sei sobre nós, sobre meu país, sobre qualquer país. Parado na estrada de chão, não muito diferente da estrada de chão em que uma vez a Lan esteve quase quarenta anos antes, com um M-16 apontado para o nariz enquanto segurava você, espero até que a voz do meu avô, esse tutor aposentado, que planta maconha, esse amante de mapas e de Camus, termine suas últimas palavras para seu primeiro amor, depois fecho o laptop.

Na Hartford em que cresci e em que você envelhece, a gente não se cumprimenta com "Oi" ou "Como você está?", mas perguntando, com os queixos se mexendo no ar, "Qual é a boa?", já ouvi isso sendo dito em outras partes do país, mas em Hartford aquilo era universal. Em meio àquelas construções esvaziadas de madeira, aos parquinhos com cercas de arame tão enferrujadas e deformadas que era como se tivessem sido feitas pela natureza, orgânicas como videiras, construímos um léxico para nós. A frase, usada pelos fracassados econômicos, também pode ser ouvida na zona leste de Hartford e na New Britain, onde famílias cem por cento brancas, aquelas que são chamadas por alguns de *ralé de trailer*, amontoadas em varandas em mau estado e em casas de programas habitacionais do governo, os rostos esqueléticos de oxicodona sob a fumaça dos cigarros, iluminados por lanternas penduradas em linhas de pesca que servem como luzes de sacadas, uivam "Qual é a boa?" quando você passa.

Na minha Hartford, onde os pais eram fantasmas, entrando e saindo das vidas dos filhos, como o meu próprio pai. Onde avós, abuelas, abas, nanas, babas e bà ngoại eram rainhas, coroadas apenas pelo orgulho resgatado em meio a destroços e pelo teimoso depoimento dado por suas línguas enquanto elas ficavam sobre joelhos rangendo e pés inchados na fila da Assistência Social esperando pelo combustível para manter o sistema de aquecimento funcionando, cheirando a perfume barato e a bala de menta, seus casacões marrons grandes demais recebidos de instituições de caridade sendo cobertos pela neve enquanto elas andavam em grupos, exalando seus hálitos quentes na rua gelada – seus filhos e filhas no trabalho ou na cadeia ou mortos por overdose ou simplesmente desaparecidos, correndo o país pegando carona em ônibus interestaduais, sonhando em abandonar o vício, recomeçar do zero, depois se transformando em fantasmas, lendas da família.

Na minha Hartford, onde as corretoras de seguro, que tornaram a cidade grande, foram todas embora quando a internet chegou, e nossas melhores cabeças foram sugadas por Nova York ou Boston. Onde todo mundo tem um primo de segundo grau que estava na gangue dos Latin Kings. Onde a gente continua vendendo jaquetas dos Whalers na rodoviária vinte anos depois de os Whalers abandonarem a cidade para se transformar nos Carolina Hurricanes. A Hartford de Mark Twain, Wallace Stevens e Harriet Beecher Stowe, escritores cuja vasta imaginação falhou em preservar, seja em carne ou em tinta, corpos como os nossos. Onde o teatro Bushnell, o Ateneu Wadsworth (que teve a primeira retrospectiva de Picasso nos Estados Unidos) eram visitados principalmente por gente de fora, dos subúrbios, que estacionam seus carros no valet e se apressam rumo às lâmpadas halógenas, antes de voltar dirigindo para casa, em cidades adormecidas coalhadas de lojas de móveis importados e mercados de alimentos orgânicos. Hartford, onde nós ficamos quando outros imigrantes vietnamitas fugiram para a Califórnia ou para Houston. Onde nós construímos um tipo de vida entrando e saindo de invernos brutais, um após o outro, onde as tempestades do nordeste engoliam nossos carros da noite para o dia. Os tiros das duas da manhã, os tiros das duas da tarde, as esposas e namoradas na fila do mercado com olho roxo e lábios cortados, que devolvem teu olhar com o queixo erguido, como se para dizer *cuida da tua vida*.

Porque ser nocauteado já era algo que estava subentendido, já estava *dado*, era a pele que você vestia. Perguntar *qual é a boa?* era passar, imediatamente, para a alegria. Era deixar de lado o inevitável para chegar ao excepcional. Nada de excelente ou ótimo ou maravilhoso, simplesmente *bom*. Porque bom muitas vezes era mais do que suficiente, era uma fagulha preciosa que nós buscávamos e colhíamos uns dos outros, uns para os outros.

Aqui, bom é encontrar um dólar no bueiro, é quando a tua mãe tem dinheiro no teu aniversário para alugar um filme e para comprar uma pizza de cinco dólares e colocar oito velas no queijo derretido e no pepperoni. Bom é saber que teve um tiroteio e que o teu irmão foi o que voltou para casa, ou já estava do teu lado, enfiado numa tigela de macarrão com queijo.

Foi isso que o Trevor disse para mim naquela noite enquanto a gente saía do rio, as gotas negras pingando dos cabelos e dos dedos. O braço dele suspenso sobre meu ombro trêmulo, ele colocou a boca no meu ouvido e disse: "Tá tudo bem. Tá me ouvindo, Cachorrinho? Você tá na boa. Juro. Você tá na boa."

Depois que sepultamos a urna da Lan, polimos o túmulo uma última vez com trapos de pano embebidos em cera e óleo de rícino, você e eu voltamos para nosso hotel em Saigon. Assim que entramos no quarto sombrio com o ar-condicionado sufocante, você apagou todas as luzes. Eu parei no meio de um passo, sem saber o que fazer com a escuridão repentina. É começo de tarde e ainda dá para ouvir as motos buzinando e os motores em estrondos intermitentes na rua lá embaixo. A cama range, você tinha sentado.

"Onde é que eu estou?", você diz. "Onde é isso aqui?"

Sem saber o que mais dizer, eu digo teu nome.

"Rose", eu digo. A flor, a cor, o tom. "Hong", eu repito. Uma flor só é vista perto do fim de sua vida, recém-desabrochada e já a caminho de ser papel pardo. E talvez todo nome seja uma ilusão. Quantas vezes damos nome a algo pensando na sua forma mais breve? Roseira, chuva, borboleta, tartaruga, pelotão de fuzilamento, infância, morte, língua materna, eu, você.

Só quando pronuncio a palavra percebo que Rose é também o passado do verbo erguer, em inglês, "rise". Que ao dizer teu nome estou também dizendo para você se levantar. Digo como se fosse a única resposta para a tua pergunta – como se um nome fosse também algo em que podemos nos encontrar. Onde eu estou? Onde eu estou? Você é a Rose, Mãe. Você se ergueu.

Toco no teu ombro com a gentileza que o Trevor teve comigo no rio. O Trevor que, selvagem como era, não comia vitela, não comia os filhos das vacas. Penso agora naqueles filhos, tirados de suas mães e colocados em caixas do tamanho de suas vidas, para serem alimentados e engordados até virarem carne macia. Estou pensando na liberdade novamente, em como o bezerro é mais livre quando a jaula se abre e ele é levado para o caminhão para o abate. Toda liberdade é relativa – você sabe muito bem – e às vezes nem é liberdade, mas simplesmente uma jaula que aumenta de tamanho e se afasta de você, as barras abstraídas com a distância, mas ainda lá, como quando "libertam" animais selvagens em reservas naturais só para mantê-los novamente dentro de limites mais amplos. Mas eu aceitei, de qualquer modo, aquela ampliação. Porque às vezes não ver as barras basta.

Durante alguns momentos de delírio no celeiro, enquanto o Trevor e eu transávamos, a jaula à minha volta se tornou invisível, ainda que eu soubesse que ela nunca desapareceu. Minha felicidade se transformou numa armadilha quando perdi controle sobre mim mesmo. Os rejeitos, a merda, o excesso, isso é o que une os vivos, mas tudo isso está sempre presente e é perene na morte. Quando os bezerros são finalmente abatidos, a entrega de suas vísceras é seu último ato, os intestinos chocados com a súbita velocidade dos finais.

Aperto teu pulso e digo teu nome.

Olho para você e vejo, através da escuridão completa, os olhos do Trevor – o Trevor cujo rosto, a essa altura, já começou a ficar borrado na minha mente – o modo como eles ardiam sob a lamparina do celeiro enquanto a gente se vestia, tremendo em silêncio por causa da água. Vejo os olhos da Lan nas últimas horas dela, como necessárias gotas d'água, lembro como eles eram a única coisa que ela conseguia mexer. Como as pupilas dilatadas do bezerro quando a porta se abre, e ele sai de sua prisão investindo contra o homem que já está com um arreio pronto para prender em seu pescoço.

"Onde é que eu estou, Cachorrinho?" Você é a Rose. Você é a Lan. Você é o Trevor. Como se um nome pudesse ser mais de uma coisa, profundo e amplo como uma noite com uma caminhonete ligada na sua borda, e você pode sair de sua jaula, onde eu estou à tua espera. Onde, sob as estrelas, nós vemos enfim o que fizemos um do outro à luz de coisas há muito mortas – e dizemos que aquilo é bom.

Eu me lembro da mesa. Eu me lembro da mesa feita de palavras dadas para mim pela tua boca. Eu me lembro da sala queimando. A sala estava queimando porque a Lan falou sobre fogo. Eu me lembro do fogo como falaram dele para mim no apartamento em Hartford, todos nós dormindo no piso de madeira, envoltos em cobertas do Exército da Salvação. Eu me lembro do sujeito do Exército da Salvação entregando para meu pai uma pilha de cupons do Kentucky Fried Chicken, que a gente chamava de Velhinho do Frango Frito (o rosto do Coronel Sanders estava estampado em todos os baldes vermelhos). Eu me lembro de dilacerar a carne crocante e oleosa como se fosse uma dádiva dos santos. Eu me lembro de aprender que os santos eram as únicas pessoas cuja dor era notável, célebre. Eu me lembro de pensar que você e a Lan deveriam ser santas.

"Lembre-se", você dizia toda manhã antes de sairmos para o ar frio de Connecticut, "não chame a atenção dos outros para você. Já basta você ser vietnamita."

É o primeiro dia de agosto e o céu está limpo sobre a parte central da Virgínia, densa com a vegetação de verão. Estamos visitando o Vô Paul para celebrar que eu me formei na faculdade na primavera. Estamos no jardim. As primeiras cores da noite caem sobre a cerca de madeira e tudo fica âmbar, como se estivéssemos num globo de neve cheio de chá. Você está na minha frente, se afastando, indo rumo à cerca distante, tua camiseta rosa mudando de tom. Ela entra e sai das sombras debaixo dos carvalhos.

Eu me lembro do meu pai, o que quer dizer que eu o estou remontando. Eu o remonto em uma sala porque deve ter havido uma sala. Deve ter existido uma praça em que uma vida acontecia, com ou sem alegria. Eu me lembro da alegria. Era o som das moedas em uma sacola de papel pardo: a paga dele depois de um dia fervendo peixe no mercado chinês em Cortland. Eu me lembro das moedas caindo no chão, como nós passávamos os dedos pelo metal frio, inalando a promessa do cobre. A gente achava que era rico. A gente achava que ser rico era um tipo de felicidade. Eu me lembro da mesa. Lembro que ela devia ser de madeira.

O jardim é tão exuberante que parece pulsar com a luz fraca. A vegetação preenche cada centímetro dele, gavinhas de tomate robustas a ponto de esconderem o arame de galinheiro onde elas se apoiavam, capim de trigo e couves aglomerados em tubos galvanizados do tamanho de canoas. As flores que hoje eu conheço por nome: magnólias, ásteres, papoulas, calêndulas, mosquitinho, todas elas, todos os tons tornados iguais pelo crepúsculo.

E se nós não formos aquilo que a luz diz que nós somos?

A tua camisa rosa brilha à minha frente. Agachada, as tuas costas eretas enquanto você estuda alguma coisa no chão entre os teus pés. Você põe o cabelo para trás da orelha, faz uma pausa, estuda mais de perto. Só os segundos se movem entre nós.

Um enxame de mosquitos, um véu suspenso sobre o rosto de ninguém. Tudo aqui parece ter acabado de transbordar, descansando, enfim, exausto e derramado da espuma do verão. Eu ando em direção a você.

★ ★ ★

Eu me lembro de andar com você até a mercearia, o salário do meu pai na tua mão. Lembro que, até então, ele só tinha batido em você duas vezes – o que queria dizer que ainda havia esperança de que aquela fosse a última. Eu me lembro de braços cheios de pão e potes de maionese, lembro que você achava que maionese era manteiga, que em Saigon manteiga e pão branco só eram comidos dentro de mansões protegidas por mordomos e portões de aço. Lembro de todo mundo rindo depois no apartamento, com sanduíches de maionese nos lábios rachados. Lembro de pensar que a gente morava numa espécie de mansão.

Lembro de pensar que esse era o Sonho Americano quando a neve crepitou contra a janela e a noite chegou, e nós deitamos para dormir, lado a lado, membros entrelaçados enquanto as sirenes soavam nas ruas, nossas barrigas cheias de pão e "manteiga".

Dentro da casa, o Paul está na cozinha debruçado sobre uma tigela de pesto: folhas grossas e brilhantes de manjericão, dentes de alho cortados no facão, pinoli, cebolas refogadas até as bordas douradas ficarem negras, e o cheiro resplandecente das raspas de limão. Os óculos dele embaçam quando ele se abaixa, lutando para firmar a mão artrítica enquanto ele joga o macarrão fervente sobre a mistura. Uns poucos movimentos suaves com duas colheres de pau e as gravatinhas- -borboleta estão banhadas em um molho verde-musgo.

As janelas da cozinha suam, substituindo a visão do jardim por uma tela de cinema vazia. É hora de chamar o menino e a mãe. Mas o Paul espera um pouco, observa a tela em branco. Um sujeito finalmente sem nada nas mãos, esperando que tudo comece.

Eu me lembro da mesa, o que significa dizer que eu a estou remontando. Porque alguém abriu a sua boca e montou uma estrutura com palavras e eu agora faço o mesmo toda vez que vejo as minhas mãos e penso *mesa*, penso *começos*. Eu me lembro de passar meus dedos pelas bordas, estudando os parafusos e as porcas que criei na minha mente.

Lembro de me arrastar por baixo, em busca de chicletes mascados, nomes de namorados, mas encontrando só pedaços de sangue coagulado, farpas. Eu me lembro desse monstro de quatro patas construído a partir de uma linguagem que ainda não era a minha.

Uma borboleta, tornada rosa pela hora, pousa em uma folha de erva-doce. A folha balança uma vez, depois para. A borboleta cruza o jardim, suas asas lembrando aquele cantinho de *Sula* da Toni Morrison que eu marquei tantas vezes dobrando a página que o pedacinho acabou caindo um dia em Nova York, flutuando pela líquida avenida no inverno. Era a parte em que a Eva derrama gasolina no filho condenado pelas drogas e acende o fósforo num ato de amor e compaixão que eu espero tanto ser capaz de fazer – quanto jamais conhecer.

Aperto os olhos. Não é uma monarca – apenas um frágil borrão branco pronto para morrer no primeiro frio. Mas sei que as monarcas estão por perto, suas asas negras-e-alaranjadas erguidas, cheias de pó e queimadas pelo calor, prontas para viajar para o sul. Fibra a fibra o crepúsculo costura nossas bordas de um vermelho profundo.

Uma noite em Saigon, dois dias depois que enterramos a Lan, ouvi o som de uma música metálica e a voz aguda de crianças pela sacada do hotel. Eram quase duas da manhã. Você ainda estava dormindo no colchão ao meu lado. Levantei, pus meus chinelos, e saí. O hotel ficava num beco. Meus olhos se adaptando às luzes fluorescentes penduradas na parede, fui em direção à música.

A noite incendiava à minha frente. Havia gente em toda parte, de uma hora para outra, um caleidoscópio de cores, roupas, membros, o brilho das joias e das lantejoulas. Os vendedores ofereciam cocos frescos, mangas cortadas, bolos de arroz amassados numa pasta gosmenta, embrulhados em folhas de banana e fervendo em grandes cubas de metal, caldo de cana vendido em saquinhos cortados nos cantos, um deles agora nas mãos de um menino que sugava o líquido do plástico, radiante. Um homem, os braços quase pretos de sol, se agachava na rua. Ele trabalhava numa tábua de carne que não era maior do que a mão, cortou pela metade um frango assado com um único golpe hábil de cutelo, depois distribuiu os pedaços escorregadios para um grupo de meninos que esperava.

Entre cordões de luzes pendurados baixos nas sacadas dos dois lados da rua, vi um palco improvisado. Sobre ele, um grupo de mulheres com roupas decoradas girava, seus braços bandeiras coloridas na brisa, cantando karaokê. As vozes delas cessaram e flutuaram pela rua. Ali perto, uma TV pequena, sobre uma mesa branca de plástico, mostrava as letras de uma canção pop vietnamita dos anos oitenta.

Já basta você ser vietnamita.

Eu me aproximei, ainda tonto de sono. Parecia que a cidade tinha se esquecido da hora – ou melhor, se esquecido do próprio tempo. Até onde eu soubesse não era feriado, nenhuma ocasião de júbilo. Na verdade, pouco além, onde a rua principal começava, tudo estava vazio, quieto como deveria estar àquela hora. Toda a agitação estava contida em uma única quadra. Onde as pessoas agora riam e cantavam. As crianças, algumas de só cinco anos, corriam entre os adultos que se balançavam. Avós usando caxemiras e pijamas florais se sentavam em escabelos na porta de casa mascando palitos de dentes, e suas cabeças só paravam de chacoalhar ao som da música para gritar com as crianças à sua volta.

Sob o solo, à Lan *basta ser vietnamita.*

Só quando cheguei perto o suficiente para ver os traços, as mandíbulas salientes, a testa baixa e saltada, percebi que os cantores estavam travestidos. As roupas de lantejoulas de cortes variados e as cores primárias cintilavam com tal intensidade que parecia que eles estavam vestindo as próprias estrelas reduzidas.

Lembro de meu pai, o que quer dizer que eu o estou algemando com essas pequenas palavras. Eu o dou para você com as mãos atrás das costas, a cabeça se abaixando para entrar na viatura porque assim como a mesa, foi assim que eu o recebi: de bocas que jamais articularam os sons dentro de um livro.

À direita do palco tinha quatro pessoas de costas para todo mundo. Cabeça baixa, eram os únicos que não se mexiam – como se fechados em uma sala invisível. Eles olhavam para algo em uma longa mesa plástica à frente deles, as cabeças baixas a ponto de eles parecerem decapitados. Depois de um tempo, um deles, uma mulher com cabelo prateado, repousou a cabeça no ombro de um rapaz à sua direita – e começou a chorar.

Lembro de receber uma carta do meu pai enquanto ele estava na cadeia, o envelope amassado, rasgado nas bordas. Lembro de segurar um pedaço de papel coberto com linhas e linhas apagadas nos pontos em que os guardas da prisão censuraram as palavras dele. Lembro de raspar a pálida película entre meu pai e eu. Aquelas palavras. Parafusos e porcas para uma mesa. Uma mesa numa sala sem gente.

Cheguei mais perto, e foi aí que vi sobre a mesa, inacreditavelmente imóvel, a forma distinta de um corpo coberto por um lençol branco. A essa altura todos os quatro enlutados choravam abertamente enquanto, no palco, os falsetes dos cantores cortavam os soluços torturados deles.

Nauseado, olhei para o céu sem estrelas. Um avião passou piscando a luz vermelha, depois a branca, depois se transformou em borrão atrás de um grupo de nuvens.

Eu me lembro de estudar a carta do meu pai e de ver alguns pontinhos pretos espalhados: os pontos finais intocados. Um vernáculo do silêncio. Lembro de pensar que todo mundo que eu já tinha amado era um único ponto negro em uma página branca. Lembro de desenhar uma linha a partir de um ponto e indo até outro com um nome em cada um até acabar com uma árvore genealógica que mais parecia uma cerca de arame farpado. Lembro de rasgar o papel em pedacinhos.

Mais tarde, eu ficaria sabendo que essa era uma cena comum nas noites de Saigon. O Instituto Médico-Legal da cidade, que enfrenta problemas de orçamento, nem sempre fica aberto 24 horas. Quando alguém morre no meio da noite, pode ficar preso em um limbo municipal no qual o cadáver permanece dentro de sua morte. Como resposta, um movimento popular se formou como uma espécie de bálsamo comunitário. Os vizinhos, ao saber de uma morte súbita, em menos de uma hora levantam dinheiro e contratam uma trupe de drags para fazer aquilo que eles chamam de "adiar a tristeza".

Em Saigon, o som da música e de crianças brincando tão tarde da noite é um sinal da morte – ou melhor, um sinal de uma comunidade em busca de cura.

É por meio desses trajes explosivos e dos gestos das drags, de seus rostos e vozes exagerados, do tabu que é a violação de gênero que eles cometem, que esse alívio, por meio desse espetáculo extravagante, se manifesta. Embora sejam úteis, pagas e empoderadas como um serviço vital em uma sociedade onde ser *queer* continua sendo pecado, as drag queens são, enquanto o corpo morto permanece a céu aberto, uma performance de alteridade. A fraude que elas representam, presumida e confiável, é o que torna a presença delas, para os enlutados, necessária. Porque a dor, nos seus piores momentos, é irreal. E exige uma resposta surreal. As drags – nesse sentido – são unicórnios.

Unicórnios sapateando sobre um túmulo.

Eu me lembro da mesa. De como as chamas começaram a lamber suas bordas.

Lembro de meu primeiro Dia de Ação de Graças. Eu estava na casa do Junior. A Lan tinha preparado um prato de rolinhos primavera para eu levar. Lembro de uma casa cheia com mais de vinte pessoas. Gente que batia na mesa quando ria. Lembro de comida sendo empilhada no meu prato: purê, peru, pão de milho, vísceras de porco, verduras, torta de batata-doce e – rolinhos primavera. Todo mundo elogiando os rolinhos da Lan, que eles passavam no molho de carne. Eu também passei meu rolinho no molho de carne.

Lembro da mãe do Junior colocando um círculo preto de plástico em uma máquina de madeira. Lembro do círculo girando e girando até a música acontecer. Lembro que a música era o som de uma mulher gemendo. Lembro como todo mundo fechou os olhos e inclinou a cabeça como se estivessem ouvindo uma mensagem secreta. Lembro de pensar que eu tinha ouvido aquilo antes, da minha mãe ou da minha vó. Sim, eu escutei aquilo ainda dentro do útero. Era a canção de ninar vietnamita. Lembro que toda canção de ninar começa com alguém gemendo, como se a dor não pudesse sair do corpo de algum outro jeito. Eu me lembro de balançar enquanto ouvia a voz da minha avó cantando na máquina. Lembro que o pai do Junior me deu um tapa no ombro. "O que você sabe sobre a Etta James." Lembro da felicidade.

Lembro meu primeiro ano em uma escola americana, o trajeto até a fazenda, depois o sr. Zappadia dando a cada aluno uma réplica de uma vaca preta e branca. "Pintem o que vocês viram hoje", ele disse. Lembro de ver como as vacas eram tristes na fazenda, suas cabeças grandes quietas atrás das cercas elétricas. E como eu tinha seis anos, lembro de acreditar que a cor era um tipo de felicidade – então peguei as cores mais berrantes na caixa de giz de cera e preenchi minha vaca triste com roxo, laranja, vermelho, castanho-avermelhado, magenta, estanho, fúcsia, cinza com glitter, verde-limão. Lembro do sr. Zappadia gritando, a barba tremendo sobre mim enquanto uma mão peluda pegava minha vaca arco-íris e amassava entre os dedos. "Eu disse para pintar o que vocês *viram*." Lembro de fazer de novo. Lembro de deixar minha vaca em branco e de olhar pela janela. Lembro como o céu estava azul e implacável. Lembro como fiquei ali sentado, entre meus colegas – irreal.

Naquela rua, ao lado da pessoa sem vida que de algum modo estava mais animada em sua imobilidade do que os vivos, o fedor perpétuo de esgoto e água parada que ficava nas bocas de lobo, minha visão ficou turva, as cores se uniram sob minhas pálpebras. As pessoas que passavam faziam gestos de condolências imaginando que eu era da família. Enquanto eu esfregava o rosto, um sujeito de meia-idade agarrou meu pescoço, do jeito que os pais ou tios no Vietnã frequentemente fazem quando tentam derramar a força deles em você. "Você vai se encontrar com ela de novo. Ei, ei", a voz rouca e cheirando a álcool, "você vai se encontrar com ela de novo." Ele deu um tapa nas minhas costas. "Não chore. Não chore."

Esse homem. Esse homem branco. Esse Paul que abre o portão de madeira do jardim, a tranca de metal fechando depois que todos passam, não é meu avô de sangue – é meu avô pela ação.

Por que ele se voluntariou para ir para o Vietnã, quando tantos meninos iam para o Canadá para evitar a convocação? Sei que ele nunca te explicou, porque ele teria que explicar seu amor abstrato e implacável pelo trompete em uma linguagem que não daria conta da resposta. O quanto ele queria, como dizia, ser "um Miles Davis branco" dos bosques e milharais da Virgínia. Como as notas gordas do trompete reverberavam na casa de dois andares da fazenda na infância dele. Aquela com as portas arrancadas por um pai que passava enfurecido pelos cômodos aterrorizando a família. O pai cuja única conexão com o Paul era o metal: a bala alojada na cabeça do pai desde o dia em que ele invadiu Omaha Beach; o pedaço de metal que Paul levava à boca para fazer música.

Eu me lembro da mesa. Lembro como tentei devolver a mesa para você. Lembro como você me abraçou e passou as mãos pelos meus cabelos e disse: "Calma. Tudo bem, tudo bem." Mas isso é mentira.

Foi mais perto disso: eu dei a mesa para você, Mãe – o que quer dizer que entreguei para você minha vaca de arco-íris, resgatada do lixo quando o sr. Zappadia não estava olhando. Lembro que as cores se moviam e ondulavam nas tuas mãos. Lembro como tentei dizer, mas você não tinha a linguagem para compreender. Você entende? Eu era uma ferida escancarada no meio dos Estados Unidos e você estava dentro de mim perguntando *Onde é que nós estamos? Onde a gente está, meu amor?*.

Eu me lembro de ficar te olhando por um tempão e, como eu tinha seis anos, eu achava que podia simplesmente *transmitir* meus pensamentos para a tua cabeça se eu olhasse com intensidade suficiente. Lembro de chorar de raiva. Lembro que você não tinha nem ideia. Lembro que você colocou a mão por baixo da minha camiseta e coçou minhas costas mesmo assim. Eu me lembro de dormir assim, calmo – minha vaca esmagada se expandindo na mesinha de cabeceira como uma bomba colorida em câmera lenta.

O Paul tocava música para escapar – e quando o pai dele rasgou sua inscrição na escola de música, o Paul foi ainda mais longe, foi até a sala de alistamento, e se viu, aos dezenove anos, no Sudeste da Ásia.

Dizem que tudo acontece por um motivo – mas eu não sei dizer por que há sempre mais mortos do que vivos.

Não sei dizer por que algumas monarcas, a caminho para o sul, simplesmente param de voar, as asas repentinamente pesadas demais, não integralmente pertencentes a ela – e desaparecem, apagando a si mesmas da história.

Não sei dizer por que, naquela rua em Saigon, enquanto o cadáver estava na rua, eu continuava ouvindo, não a canção na garganta das cantoras travestidas, mas aquela que havia dentro de mim mesmo. *"Muitos caras, muitos, muitos, muitos, muitos caras. Desejam a minha morte."* A rua latejava e girava suas cores à minha volta.

Na agitação, percebi que o corpo tinha mudado de posição. A cabeça caiu para um dos lados, levando o lençol junto e deixando uma parte da nuca à mostra – já pálida. E ali, pouco abaixo da orelha, do tamanho da unha de um dedo, um brinco cor de jade balançou. *"Senhor eu não choro mais, não olho mais para o céu. Tenha misericórdia de mim. Tem sangue no meu olho meu chapa, eu não consigo enxergar."*

Eu me lembro de você agarrando meus ombros. Lembro que estava caindo um toró ou estava nevando ou as ruas estavam inundadas ou o céu estava da cor de hematomas. E você estava se ajoelhando na calçada amarrando os cadarços do meu tênis azul-claro, dizendo: "Lembre. Lembre. Já basta você ser vietnamita." Já basta. Você já se basta. Basta.

Eu me lembro da calçada, a gente empurrando o carrinho enferrujado até a igreja e o sopão na avenida New Britain. Lembro da calçada. Lembro como ela começou a sangrar: pontinhos vermelhos aparecendo debaixo do carrinho. Lembro que havia uma trilha de sangue diante de nós. Alguém devia ter sido baleado ou esfaqueado na noite anterior. Lembro que você continuou indo adiante. Você disse: "Não olhe para baixo, meu bem. Não olhe para baixo." A igreja tão longe. O campanário um ponto de costura no céu. "Não olhe para baixo. Não olhe para baixo."

Eu me lembro do Vermelho. Vermelho. Vermelho. Vermelho. As tuas mãos molhadas sobre as minhas. Vermelho. Vermelho. Vermelho. Vermelho. A tua mão tão quente. A tua mão a minha própria. Eu me lembro de você dizendo: "Cachorrinho, olhe para cima. Olhe para cima. Está vendo? Está vendo os passarinhos nas árvores?" Lembro que era fevereiro. As árvores estavam negras e nuas contra um céu nublado. Mas você continuou falando: "Olhe! Os passarinhos. Tantas cores. Passarinhos azuis. Passarinhos vermelhos. Passarinhos magenta. Passarinhos brilhantes." Teu dedo apontou para os galhos tortos. "Está vendo o ninho com os passarinhos amarelos, a mamãe verde dando minhoca para eles comerem?"

Lembro como os teus olhos arregalaram. Lembro de ficar olhando e olhando para a ponta do teu dedo até que, enfim, uma mancha esmeralda amadureceu e se tornou real. E eu vi. Os pássaros. Todos eles. Lembro como eles floresceram como frutas à medida que a tua boca abria e fechava e as palavras não paravam de colorir as árvores. Eu me lembro de esquecer o sangue. Lembro que jamais olhei para baixo.

Sim, havia uma guerra. Sim, nós viemos do seu epicentro. Naquela guerra, uma mulher presenteou a si mesma com um novo nome – Lan

– e ao se dar esse nome reivindicou-se como bela, e então transformou essa beleza em algo que valia a pena manter. Disso, uma filha nasceu, e dessa filha, um filho.

Durante todo esse tempo eu disse a mim mesmo que nós nascemos da guerra – mas eu estava enganado, Mãe. Nós nascemos da beleza. Que ninguém nos tome por frutos da violência – pois aquela violência, tendo atravessado o fruto, não conseguiu estragá-lo.

O Paul está atrás de mim perto do portão, pegando folhas de hortelã para enfeitar o pesto. A tesoura dele corta os caules. Um esquilo desce correndo de um sicômoro próximo, para na base, cheira o ar, depois volta para o lugar de onde veio, desaparecendo em meio aos galhos. Você está pouco à frente enquanto me aproximo; minha sombra toca teus calcanhares.

"Cachorrinho", você diz, sem se virar, o sol há muito tempo desaparecido do jardim, "vem ver isso." Você aponta para o chão perto dos teus pés, tua voz um sussurro-grito. "Não é doido?"

Eu me lembro da sala. Lembro como ela queimou porque a Lan cantou sobre fogo, cercada pelas filhas. A fumaça subindo e se aglomerando nos cantos. A mesa no meio de uma labareda brilhante. As mulheres com os olhos fechados e as palavras implacáveis. As paredes uma tela móvel de imagens surgindo à medida que cada verso dava lugar ao próximo: uma esquina iluminada pelo sol em uma cidade que já não existe mais. Uma cidade sem nome. Um homem branco parado ao lado de um tanque com uma filha de cabelos negros nos braços. Uma família dormindo em uma cratera de bomba. Uma família se escondendo debaixo de uma mesa. Você entende? Tudo que me deram foi uma mesa. Uma mesa no lugar de uma casa. Uma mesa no lugar de uma história.

"Tinha uma casa em Saigon", você me contou. "Uma noite, o teu pai, bêbado, chegou em casa e me bateu pela primeira vez na mesa da cozinha. Você ainda não tinha nascido."

★ ★ ★

Mas eu me lembro da mesa mesmo assim. Ela existe e não existe. Uma herança construída por bocas. E substantivos. E cinzas. Lembro da mesa como um fragmento embutido no cérebro. Há quem chame isso de estilhaço. Há quem chame de arte.

 Estou do teu lado agora enquanto você aponta para o chão onde, pouco à frente dos dedos dos teus pés, uma colônia de formigas se derrama pelo trecho de terra, uma inundação de animação preta tão densa que lembra a sombra de uma pessoa que não vai se materializar. Não consigo enxergar os indivíduos – seus corpos ligados uns aos outros num incessante surto de toques, cada letra azul-escuro de seis pernas ao crepúsculo – fractais de um alfabeto gasto pelo tempo. Não, essas não são monarcas. Essas são aquelas que, quando o inverno chegar, permanecerão, transformarão sua carne em sementes e se entocarão mais fundo – para depois irromper pela argila quente da primavera, vorazes.

 Eu me lembro das paredes encurvando como uma tela à medida que as chamas subiam. O teto uma agitação de fumaça negra. Lembro de rastejar até a mesa, agora um monte de fuligem, depois mergulhar meus dedos nela. Minhas unhas ficando negras junto com meu país. Meu país se dissolvendo na minha língua. Lembro de pegar as cinzas nas palmas das minhas mãos e escrever as palavras *viva viva viva* nas testas das três mulheres naquela sala. Lembro como as cinzas acabaram endurecendo e se tornando tinta numa página em branco. Lembro que existem cinzas nesta exata página. Lembro que há o bastante para todos.

 Você se levanta, tira a terra das calças. A noite drena todas as cores do jardim. Nós andamos, sem sombra, rumo à casa. Lá dentro, no brilho de lâmpadas com quebra-luzes, arregaçamos as mangas, lavamos nossas mãos. Nós falamos, cuidando para não olhar por muito tempo um para o outro – depois, sem que restem palavras entre nós, arrumamos a mesa.

Eu ouço no meu sonho. Depois, olhos abertos, eu ouço de novo – o gemido baixinho cruzando os campos arrasados. Um animal. É sempre um animal cuja dor é tão articulada, tão clara. Estou deitado no chão frio do celeiro. Acima de mim, filas de tabaco penduradas, suas folhas roçando umas nas outras em mais uma corrente de ar solitária – o que significa que é a terceira semana de agosto. Pelas frestas, um novo dia, desde já denso com o calor do verão. O som volta e dessa vez eu sento. Só quando eu o vejo sei que tenho quinze anos outra vez. O Trevor dorme a meu lado. Do lado dele, o braço um travesseiro, ele parece mais perdido em pensamentos do que adormecido. A respiração dele lenta e calma, entrecortada por alusões à Pabst que bebemos há algumas horas; as garrafas vazias enfileiradas ao longo do banco acima da cabeça dele. A poucos metros está o capacete de metal do exército, reclinado para trás, a luz da manhã, azul-clara, acumulada na cavidade.

    Ainda de cuecas, saio para a vasta névoa. O uivo volta, o som profundo e vazio, como se dotado de paredes, algo em que você pudesse se esconder. Ele deve estar ferido. Só algo com dores é capaz de fazer um som em que você pode entrar.

    Vasculho os campos planos; a névoa flutua pelo solo marrom e baço. Nada. Deve estar vindo da fazenda vizinha. Eu ando, a umidade cresce, minhas têmporas coçam com suor fresco.

    Na plantação ao lado, as últimas plantas de tabaco, gordas e de um verde-escuro, a uma semana da colheita, crescem por todo lado – de algum modo mais altas que o normal, as pontas pouco acima da minha cabeça. Lá está o carvalho onde a gente vai dar perda total no Chevy daqui a duas semanas. Os grilos ainda têm de mexer as pernas e agora serrar o ar denso enquanto vou mais fundo, parando a cada vez que o grito surge, mais alto, mais perto.

Na noite passada, sob as vigas, nossos lábios em carne viva e gastos pelo uso, nós deitamos, respirando. Com o silêncio escuro entre nós, perguntei para o Trevor o que a Lan tinha me perguntado uma semana antes.

"Você já parou para pensar naqueles búfalos no Discovery Channel? Aqueles que correm e despencam do penhasco?"

Ele se virou para mim, a penugem sobre o lábio roçando meu braço. "Os búfalos?"

"Isso, por que eles continuam correndo daquele jeito, mesmo depois que os que estão na frente caem? Você ia imaginar que um deles ia parar, fazer meia-volta."

A mão dele, bronzeada pelo trabalho, estava surpreendentemente escura sobre a barriga. "Sei, já vi nesses programas de natureza. Eles saem se estabacando como se fossem um monte de tijolos. Ladeira abaixo." Ele estalou a língua de nojo, mas a voz ficou mais baixa. "Idiotas."

Nós estávamos parados, deixando os búfalos cair, centenas deles trotando em silêncio pelos penhascos nas nossas cabeças. Em algum lugar na plantação ao lado, uma picape entrou numa garagem, cascalho sob os pneus, um raio de luz passou pelo celeiro e iluminou o pó acima de nossos narizes, os olhos fechados dele – olhos que eu sabia, a essa altura, já não serem mais acinzentados – tudo exceto o Trevor.

A porta bateu e alguém chegou em casa e dava para ouvir vozes ao fundo, a breve melodia de uma pergunta, "Como é que foi?" ou "Você está com fome?". Algo simples e necessário, e no entanto algo extra, cuidadoso, uma voz como aqueles minúsculos telhados em cima das cabines telefônicas ao lado dos trilhos do trem, aquelas feitas das mesmas telhas que se usam nas casas, só que com quatro fileiras de largura – o suficiente para manter o telefone seco. E talvez isso fosse tudo o que eu queria – que me fizessem uma pergunta e que ela me cobrisse, como um telhado com a minha largura.

"Não depende deles", o Trevor disse.

"O quê?"

"A porra dos búfalos." Ele mexeu na fivela de metal do cinto. "Eles não escolhem para onde vão. É a Mãe Natureza. Ela diz para pular e eles vão e pulam. Eles não têm escolha. É a lei da natureza."

"A lei", repito baixinho. "Como se eles estivessem simplesmente seguindo aqueles que amam, como se a família deles simplesmente estivesse indo em frente, e eles tivessem que ir junto?"

"É, alguma coisa assim", ele diz, com sono. "Tipo uma família. Uma família fodida."

Senti uma súbita onda de ternura por ele bem naquela hora, uma sensação tão rara em mim na época que pareceu que eu estava sendo deslocado por ela. Até o Trevor me puxar de novo.

"Ei", ele disse, meio dormindo, "como você era antes de me conhecer?"

"Eu acho que eu estava me afogando."

Uma pausa.

"E como você está agora?", ele sussurrou, submergindo.

Pensei por um segundo. "Água."

"Vá se foder." Ele me deu um soco no braço. "E vá dormir, Cachorrinho." Depois ele ficou em silêncio.

Depois os cílios dele. Dava para ouvir que eles estavam pensando.

Não sei o que me fez seguir a voz da coisa ferida, mas eu estava sendo puxado, como se tivessem me prometido uma resposta para uma pergunta que eu ainda não tinha. Dizem que se você deseja algo com força suficiente, vai acabar transformando aquilo num deus. Mas e se tudo que eu sempre quis fosse a minha vida, Mãe?

Estou de novo pensando na beleza, em como algumas coisas são caçadas porque achamos que elas são bonitas. Se, comparada com a história do nosso planeta, uma vida individual é tão curta, um piscar de olhos, como dizem, então ser belo, mesmo que do dia em que você nasce até o dia em que você morre, é ser belo apenas por um instante. Como neste exato instante, o modo como o sol está baixo em meio aos olmos, e eu não sei discernir entre o nascer e o pôr do sol. O mundo, avermelhando, parece o mesmo para mim – e eu perco a noção de oriente e ocidente. As cores desta manhã têm a tonalidade desgastada de algo que já está partindo. Penso na vez que o Trev e eu ficamos sentados no telhado do galpão de ferramentas, vendo o sol se pôr. Fiquei menos surpreso com o efeito – o modo como, em poucos minutos, ele muda o jeito como as coisas são vistas – incluindo nós mesmos – e mais surpreso por ele estar ali para eu ver. Porque o pôr do sol, assim como a sobrevivência, existe apenas à beira de seu desaparecimento. Para ser belo, você primeiro precisa ser visto, mas ser visto sempre permite que você seja caçado.

Ouço de novo o chamado, convencido agora de que é um novilho. É comum que os fazendeiros vendam os bezerros à noite, levando-os para longe na caçamba de caminhonetes enquanto as mães dormem nos estábulos para que elas não acordem gritando por seus bebês. Algumas gemem alto a ponto de inchar a garganta e de precisar que um balão seja colocado lá dentro e inflado para expandir os músculos do pescoço.

Eu me aproximo. As plantas de tabaco estão altas. Quando ela geme de novo, o som parte os caules, e as folhas estremecem. Eu me aproximo da pequena clareira onde ela está. A luz forma uma espuma azul sobre as pontas das plantas. Ouço seus imensos pulmões se esforçando para respirar, um esforço suave mas nítido como o vento. Separo as plantas cerradas uma ao lado da outra e dou um passo adiante.

"Mãe? Me conta a história de novo?"

"Eu estou muito cansada. Amanhã. Volte a dormir."

"Eu não estava dormindo."

Passa das dez e você acaba de voltar do salão. Você está com uma toalha enrolada na cabeça, a pele ainda quente do chuveiro.

"Ah, vai, bem rápido. Aquela do macaco."

Você suspira, entrando debaixo da coberta. "Tá bom. Mas pega um cigarro pra mim."

Pego um da carteira na mesinha de cabeceira, coloco entre os teus lábios e acendo. Você traga uma, duas vezes. Eu tiro o cigarro, olho para você.

"Tá bom, vamos ver. Era uma vez um Rei Macaco que..."

"Não, Mãe. A história de verdade. Vai, conta a história da vida real."

Coloco o cigarro de volta na tua boca, deixo você tragar.

"Tá bom." Os teus olhos vasculham o quarto. "Era uma vez – chegue mais perto, você quer ouvir ou não? Era uma vez, no antigo país, uns homens que comiam cérebro de macacos."

"Você nasceu no Ano do Macaco. Então você é um macaco."

"É, acho que sim", você sussurra, olhando para longe. "Eu sou um macaco."

O cigarro arde entre meus dedos.

A névoa sobe do solo quente enquanto eu ando em meio à plantação. O céu se amplia, o tabaco some, revelando um círculo que não é maior do que a impressão digital de deus.

Mas não há nada ali. Nada de vaca, nada de som, apenas os últimos grilos, distantes agora, o tabaco ainda no ar da manhã. Fico ali, esperando que o som me torne real.

Nada.

O novilho, a fazenda, o menino, o desastre, a guerra – será que eu tinha inventado tudo aquilo, em um sonho, apenas para acordar com aquilo fundido à minha pele?

Mãe, não sei se você chegou até esse ponto da carta – ou se você chegou a esse ponto, simplesmente. Você sempre me diz que é tarde demais para você ler, com o teu fígado ruim, teus ossos exaustos, que depois de tudo que você passou, você só quer descansar agora. Que ler é um privilégio que você tornou possível para mim ao perder o que você perdeu. Sei que você acredita em reencarnação. Não sei se eu acredito, mas espero que seja verdade. Porque aí quem sabe você vai voltar aqui da próxima vez. Talvez você seja uma menina e talvez o teu nome seja Rose de novo, e você vai ter um quarto cheio de livros com pais que vão ler histórias para você dormir em um país intocado pela guerra. Pode ser que aí, nessa vida e nesse futuro, você encontre este livro e saiba o que aconteceu com a gente. E você vai se lembrar de mim. Quem sabe.

Sem motivo, eu começo a correr, passo pela clareira, volto para a sombra rígida do tabaco. Meus pés borrando num pequeno vento debaixo de mim. Eu corro. Ainda que ninguém que eu conheça esteja ainda morto, nem o Trevor, nem a Lan, e meus amigos não estejam com anfetaminas e heroína em nenhum lugar perto de suas veias imaculadas. Ainda que a fazenda também não tenha sido vendida para ceder espaço para condomínios de luxo, o celeiro ainda não tenha sido desmontado, sua madeira reutilizada em móveis artesanais ou nas paredes de cafés chiques no Brooklyn, eu corro.

Corro pensando que vou ultrapassar tudo isso, minha vontade de mudar sendo mais forte do que meu medo de viver. Meu peito molhado e cortado pelas folhas, o dia ardendo em suas bordas, abro caminho tão rápido que parece que finalmente saí do meu corpo, deixei-o para trás. Mas quando me viro para ver o garoto ofegante, para perdoá-lo, finalmente, por tentar ser bom e fracassar, não tem ninguém lá – só os olmos cheios e sem vento no limite do campo. Então, sem qualquer motivo, eu continuo em frente, penso nos búfalos em algum lugar, talvez na Dakota do Norte ou em Montana, seus ombros ondulando em câmera lenta enquanto eles correm para o desfiladeiro, seus corpos marrons num gargalo no estreito precipício. Os olhos negros como petróleo, os ossos de veludo de seus chifres cobertos por pó, eles correm, sem pensar, juntos – até se tornarem alces, imensos e com galhadas, narinas molhadas bufando, depois cães, com patas arranhando rumo ao abismo, suas línguas penduradas na luz até que, enfim, eles se tornam macacos, uma tropa imensa deles. Os topos de suas cabeças se abrem, seus cérebros ocos, eles flutuam, os pelos das pernas e braços bonitos e macios como penas. E no exato momento em que o primeiro deles pisa para fora do penhasco, no ar, no eterno nada abaixo dele, eles se incendeiam nas fagulhas ocre-avermelhadas das borboletas-monarcas. Milhares de borboletas-monarcas se derramam sobre o abismo, voam pelo ar branco, como um jato de sangue que atinge a água. Corro pelo campo como se o meu desfiladeiro jamais tivesse sido escrito nessa história, como se eu não fosse mais pesado do que as palavras no meu nome. E como uma palavra, eu não tenho peso neste mundo e no entanto ainda carrego a minha vida. E eu a lanço para frente até que o que resta atrás se torna exatamente aquilo para onde corro – como se eu fosse parte de uma família.

"Por que eles não te pegaram então?" Coloco o Marlboro de novo na tua boca.

Você segura a minha mão ali por um instante, respira, depois põe a minha mão entre teus dedos. "Ah, Cachorrinho", você suspira. "Cachorrinho, Cachorrinho."

Macacos, alces, vacas, cães, borboletas, búfalos. O que nós daríamos para que as vidas arruinadas de animais contem uma história humana – quando nossas vidas por si sós são histórias de animais.

"Por que eles não me pegaram? Bom, porque eu fui *rápida*, meu amor. Alguns macacos são tão rápidos que mais parecem fantasmas, sabe? Eles simplesmente... *puf*", você abre as mãos no gesto de uma pequena explosão, "desaparecem." Sem mexer a cabeça, você olha para mim, do jeito que uma mãe olha para tudo – por tempo demais.

E então, sem motivo, você começa a rir.

O canto não rima com desencanto.

Hoa Nguyen

Agradecimentos

Na página 11, a frase "A liberdade... é apenas a distância entre o caçador e a sua presa" é do poema "Accomplices", de Bei Dao (*The August Sleepwalker*).

Na página 38, a frase "Dois idiomas... acenando para um terceiro" é parafraseada de *Roland Barthes*, de Roland Barthes.

Na página 173, a frase "Alegria demais, eu juro, é desperdiçada no nosso desespero de mantê-la" é influenciada pela teoria Zen Budista sobre a alegria e a impermanência, como ecoada por Max Ritvo em sua entrevista de 2016 para a Divedapper.com.

Queria agradecer a algumas pessoas, sem qualquer ordem particular, que possibilitaram que eu e minha obra fossem possíveis neste mundo.

Tenho uma dívida com o jornalismo magistral de Tom Callahan, cujas reportagens profundas para a *ESPN the Magazine* e para a *Golf Digest* ampliaram, enriqueceram e moldaram a minha compreensão sobre Tiger Woods e seu indelével legado para o golfe e para a cultura americana. Obrigado a Elaine Scarry e seu livro, *On Beauty and Being Just*, pelo modo inteligente, rigoroso e brilhante como ela complicou o tema.

Aos meus professores, por sempre verem (e manterem) o caminho autêntico: Roni Natov e Gerry DeLuca (Brooklyn College), Jen Bervin (Poets House), Sharon Olds (NYU) e meu professor de poesia no ensino médio, Timothy Sanderson (Hartford Country).

A Ben Lerner, sem o qual muito do que eu penso e sou como escritor não existiria. Obrigado por sempre me lembrar que as regras são meras tendências, não verdades, e que as fronteiras entre os gêneros são reais na proporção em que nossas imaginações são pequenas. Tenho uma dívida com a sua imensa gentileza, assim como com o Departamento de Língua Inglesa da Brooklyn College, por me conceder um financiamento de emergência quando fiquei sem ter onde morar no inverno de 2009.

A Yusef Komunyakaa, obrigado por me mostrar como quebrar o verso e ver o mundo de maneira mais clara em suas articulações brutais e escuras. Por tolerar a minha tietagem quando, por sorte, sentei do teu lado numa noite chuvosa em um cinema no West Village, no outono de 2008, tagarelando sobre tudo e sobre nada. Eu não me lembro do filme, mas jamais vou esquecer tua risada. Obrigado por ser meu professor.

Uma profunda reverência para os seguintes artistas e músicos em quem me apoiei, seguidamente, ao escrever este livro: James Baldwin, Roland Barthes,

Charles Bradley, Thi Bui, Anne Carson, Theresa Hak Kyung Cha, Alexander Chee, Gus Dapperton, Miles Davis, Natalie Diaz, Joan Didion, Marguerite Duras, Perfume Genius, Thich Nhat Hahn, Whitney Houston, Kim Hyesoon, Etta James, Maxime Hong Kingston, King Krule, Lyoto Machida, MGMT, Qiu Miaojin, Mitski, Viet Thahn Nguyen, Frank Ocean, Jenny Offill, Frank O'Hara, Rex Orange County, Richard Siken, Nina Simone, Sufjan Stevens e C.D. Wright.

A todo artista asiático-americano que veio antes de mim, obrigado.

Por ler este livro na forma de manuscrito, por seus comentários e insights graciosos e que me serviram como farol, obrigado a Peter Bienkowski, Laura Cresté, Ben Lerner (de novo), Sally Wen Mao e Tanya Olson.

Por sua amizade, por compartilhar esta arte e este ar comigo: Mahogany Browne, Sivan Butler-Rotholz, Eduardo C. Corral, Shira Erlichman, Peter Gizzi, Tiffanie Hoang, Mari L'Esperance, Loma (ou Christopher Soto), Lawrence Minh-Bùi Davis, Angel Nafis, Jihyun Yun.

A Doug Argue, sua vibrante franqueza e bravura me ajudaram a ser mais corajoso com nossas verdades e, de maneiras que você nem sabe, tornaram este livro possível.

Obrigado a minha magnífica e destemida agente, Frances Coady (Capitã Coady!), por seus olhos aguçados, sua fé incansável e pela paciência, por me respeitar como um artista antes e acima de tudo. Por encontrar e acreditar em mim antes que tudo começasse.

Profunda gratidão a minha editora, Ann Godoff, por seu entusiasmo imaculado por este pequeno livro, por entendê-lo de modo tão completo, tão total, e pelo cuidado profundo. Por apoiar a visão do autor em todos os sentidos. E à esplêndida equipe da Penguin Press: Matt Boyd, Casey Denis, Brian Etling, Juliana Kiyan, Shina Patel e Sona Vogel.

Tenho uma dívida com Dana Prescott e Diego Mencaroni da Fundação Civitella Ranieri, onde, durante uma queda de energia em uma tempestade umbriana, este livro começou a ser escrito, à mão. E a Leslie Williamson e à Fundação Saltonstall para as Artes, onde este livro foi concluído. Também tive apoio generoso da Fundação Lannan, da Fundação Whiting e da Universidade de Massachusetts – Amherst.

Obrigado, Peter, sempre, por Peter.

Ma, cảm ơn.

Impressão e Acabamento:
EDITORA JPA LTDA.